사랑은 하트 모양이 아니야

안전가옥 쇼-트 31

김효인 단편집

로으밤

로으밤

서울 SEOUL

다가오는 주말, 한국에는 총 2186명의 사망이 예정되어 있다. 그중 록기가 배정받은 케이스는 열세 건. 록기의 일은 시뮬레이션 프로그램을 통해 인간의 죽음을 예측하고 그 결과가 실제와 어느 정도나 일치하는지 확인하는 것이다.

미래 예측 연구소(FFI, Future Forecasting Institution)의 수명 시뮬레이션 연구 센터(LSR, Life expectancy Simulation Research center)는 세간에 공개된 기관이 아니지만 올해로 벌써 10년째 인간의 수명을 예측하는 연구를 하고 있다. 놀랍게도 예측 결과와 실제 수명 사이의 일치율은 지난해 기준 97%에 달했다.

오늘 프로그램 정확도를 더 높이기 위한 업데이

트가 진행된다고 했는데 뭐가 잘못된 건지 하필이면 업무 종료 시간을 앞두고 문제가 생겼다. 록기의 컴퓨터 모니터 화면은 1시간째 반응이 없었다.

"맥주도 사 놨는데 얼른 해결되면 좋겠다."

록기가 중얼거렸다. 혼잣말은 그의 오래된 습관이다.

– 화면 뜨면 연락 주세요.

프로그램 모니터 옆에 놓인 업무용 노트북 채팅 창에 주니의 메시지가 떴다. 그녀는 록기가 속한 팀의 연구원들을 담당하는 관리자다.

– 네.

짧게 답한 록기가 뻑뻑한 눈을 힘주어 깜빡였다.

수명 데이터 연구원으로 일을 하기 시작한 지도 벌써 2년이 되었다. 연구소에는 조기 퇴사자가 많은 편이었기에 록기는 꽤 고참에 속했다.

하기야 '배우자와 직계 및 방계 가족이 없을 것', '재직 중 연애, 결혼 금지' 이 두 가지만 해도 꽤 까다로운 근무 조건이다. 가까운 가족이 없는 사람은 생각보다 많았지만 후자의 경우는 달랐다.

못 하게 하면 더 안달을 내기 마련인 걸까. 연구소 연봉으로 잘 먹고 잘 살다 보면 10년 정도는 거

뜬히 혼자 보낼 수 있을 것이라고 생각했던 사람들도 운명처럼 생겨나는 인연을 당해 내지는 못했다. 그렇게 해서 많은 이들이 새로운 직업을 찾아 떠났다. 아니 그렇다고 한다. 이 이야기는 록기가 신입 교육을 받는 과정에서 주니에게 들은 내용이었다. 록기는 그 외 직장 동료들을 만나 본 적도 함께 이야기를 나눠 본 적도 없다. 그저 다들 본인처럼 각자의 집에서 각자의 일을 하고 있겠거니 짐작할 뿐이다.

어찌 됐건 록기는 연구소 일이 만족스러웠다. 처음에는 누군가의 죽음을 확인한다는 것만으로도 감정이 소모됐지만, 자신이 마주하는 대상은 사람이 아닌 데이터일 뿐이라는 사실을 깨닫고 금세 안정을 찾았다.

재택근무는 타고난 집돌이에게 알맞은 근무 형태였다. 잔업이 없어 쉬는 주말엔 하루 종일 집에서 드라마와 축구를 봤다. 종종 등산을 했고 이따금씩 해외여행을 다니기도 했지만 모두 혼자만의 일이었다. 새로운 인연은 만들지도 않았고 저절로 생겨나지도 않았다. 학창 시절엔 친구들이 더러 있었지만 졸업을 하면서 다들 조금씩 자연스레 멀어졌다. 연애 상대도 마찬가지였다.

사랑은 사람이 사람만을 마주 보던 시대에나 가

능했던 일이다. 온종일 각종 스크린과 기계를 마주해야 하는 시대에 사람이 온전히 사람에게 집중할 수 있는 시간이 하루에 몇 분이나 될까. 그런 의미에서 충만한 사랑을 할 수 있는 이는 이제 지구에 몇 없을 것이라고 록기는 생각했다.

물론 록기의 마음속에서 로맨틱한 감정이 메말라 버린 것은 아니었다. 그런 욕구는 드라마나 영화로 충족하면 그만이었다.

이런저런 생각으로 록기가 잠시 멍때리는 사이 드디어 하얗던 화면에 까만 글자가 가득하게 채워졌다.

－떴습니다.

록기가 주니에게 보고했다.

－다행이네요. 그럼 오늘 케이스 몇 개만 확인해주세요.

－네.

록기의 손이 빠르게 움직였다. 눈은 화면에 뜬 오늘 자 데이터 창을 훑었다.

· 29일 금요일 오후 3시 45분, 임채수
　(경기도 의창시 거주 34세 남성)

· 29일 금요일 오후 3시 57분, 양면주

(서울특별시 염초구 거주 59세 여성)

새로 뜬 데이터와 앞서 처리해 두었던 데이터의 사망 시간을 비교해 보니 다행히도 차이가 없었다.

－ 문제 있나요?

－ 아뇨. 괜찮은 것 같은데요.

－ 그럼 오늘 업무를 마치셔도 좋습니다. 혹시 모르니 프로그램 종료 전에 주말로 예정된 케이스의 데이터도 한번 확인해 보세요. 다음 주 월요일은 록기 씨 연차니까 보고는 다음 주 화요일에 복귀하고 해 주셔도 됩니다.

－ 네. 알겠습니다.

주니가 채팅 창에서 나간 뒤 록기는 주말에 처리해야 할 데이터를 띄웠다.

열세 건의 데이터가 조금은 버벅거리며 하나하나 열리고 있었다.

록기의 엉덩이는 이미 반쯤 의자에서 떨어진 상태였다. 그도 그럴 것이 요즘은 록기에겐 가장 신나는 축제, 4년에 한 번 돌아오는 월드컵 시즌이었다. 심지어 그저 그런 월드컵이 아니었다. 모처럼 대한민국 대표 팀이 활약해 8강에 올랐다. 록기는 월요일에 있을 8강전을 보기 위해 연차까지 썼다. 그리고 그 전에 16강 경기를 최소 열 번은 더 볼 예정이었다. 화면에 나온 데이터는 이제 열두 건. 한 건만 더 확인하면 업무를 마칠 수 있다. 그러니까 지금 록기의 머릿속에는 맥주와 월드컵이 함께하는 금요일 저녁으로 서둘러 가고 싶은 마음뿐이었다.

하지만 조급해지는 록기의 마음과 달리 마지막 케이스의 데이터는 유난히 더디게 떴다. 그리고 불행히도 이상한 점이 발견되었다.

"어…?"

· 31일 일요일 오후 11시 12분, 차록기
　(서울특별시 은산구 거주 30세 남성)

은산구에 사는 30세 남성. 차록기…….

록기는 눈앞의 데이터를 믿을 수 없어 그 내용을 작게 되뇌었다. 록기 자신의 이름이 적힌 데이터였다. 혹시 동명인이 아닐까 해서 검색해 봤지만 역시나 은산구에 사는 서른 살 남성 차록기는 한 사람뿐이었다. 록기의 데이터가 이 모니터에 뜬다는 것은 이상한 일이었다. 연구소 규칙상 연구원에게는 본인과 주변인의 데이터가 절대 배정되지 않는다. 배정 과정에 착오가 생긴 듯했다.

– 주니, 이미 퇴근하셨나요?

주니에게 보고해야 할 것 같아 메시지를 남겨 봤지만 시간이 지나도 답은 없었다.

잠시 후 프로그램을 다시 돌려 보니 데이터 내용이 완전히 바뀌었다.

뭐야. 당황한 록기가 몇 번이고 거듭 확인해 봤지만 조금 전까지 모니터에 떠 있었던 이름들은 하나도 찾아볼 수 없었다. 록기의 이름 역시 사라졌다.

– 아무래도 이런 문제를 겪는 분들이 몇 분 더 있는 것 같아요.

록기는 아까 주니가 했던 말을 떠올렸다.

"혹시…"

예전에 데이터가 뒤섞여 몇몇 연구원들에게 잘못 전달된 일이 있었다. 이번에도 그런 일이 일어난 거라면 말이 된다. 동료들 중 누군가에게 전달되어야 했을 록기의 죽음이 잠시 록기의 화면에 떴던 것이다.

록기는 잠시 손으로 얼굴을 감쌌다. 이렇게 화면이 멈추거나 데이터 배정이 잘못되는 문제가 가끔씩 생기긴 했지만 데이터 내용만은 늘 정확했기에 록기는 연구소 프로그램을 꽤 신뢰했다.

"그렇다면 내가 진짜 곧 죽는다는 말이야?"

데이터대로라면 내일모레인 일요일 밤에 록기는 죽는다. 다가오는 죽음을 막을 수는 없다. 막을 수 있는지에 대한 실험이 이루어졌지만 결국 모두가 예정된 시점이 되자 죽음에 이르렀다. 죽음의 '때'는 이미 정해진 것이다.

곰곰이 생각해 보니 주니에게 알리는 것은 소용없는 일이었다. 록기는 입사 당시에 서명했던 계약서가 다소 살벌한 내용을 담고 있어 각서나 다름없다고 생각했던 일이 떠올랐다. 그 안에는 이런 조항이 있었다. 근무자는 정해진 죽음에 어떤 관여도 해서는 안 된다. 연구소는 내부 정보가 유출되지 않도록 필요한 조치를 취할 수 있다.

설령 프로그램의 오류 때문이라 하더라도 연구원이 자신의 죽음에 대해 알게 됐다는 사실이 발각되면 연구소가 가만히 있을 것 같지 않았다. 삶이 얼마 남지 않은 만큼 시끄러워질 일은 되도록 피하고 싶었다.

"일단 차분하게 생각하자."

록기가 마음을 진정시키기 위해 말했다. 평균적으로 한국에서만 하루에 1000명이 죽는다. 누구라도 언젠가는 그 하루치에 속하게 된다. 수명 예측 데이터에는 사망 사유가 적히지 않는다. 사유는 중요하지 않다. 사람의 인생은 어느 때든 끝난다는 사실이 중요하다. 누군가는 스스로 택하고, 누군가는 사전에 기미를 느끼며, 누군가는 어쩌다 갑자기 죽는다. 록기는 그 '어쩌다 갑자기'에 속하는 사람들 중 하나가 된 것뿐이다.

타인의 사망 데이터를 매일같이 봐 왔지만 막상 자신의 죽음을 마주하니 아무래도 당황하지 않을 수가 없었다. 그렇다고 해서 대단한 절망감이 느껴지는 것도 아니었다.

록기는 죽음을 앞두고 사람들은 보통 무슨 생각을 할까 문득 궁금해한 적이 있었다. 검색을 해 보니 자살 예방 상담 전화번호와 함께 몇 가지 뻔한 이야기가 이어졌다. '죽기 직전'의 자신을 상상해 본 사람들은 대부분 그 순간에 삶을 되돌아볼 것 같다고 했다.

"글쎄⋯. 되돌아볼 만한 삶이었나."

어려서는 좀 외로웠던 것도 같았다.

록기는 기억나지 않는 어린 시절부터 보육원에서 자랐다. 타고나기를 성격이 조용하고 반항기가 없는 편이었다. 어렸을 때부터 자신에게 주어진 상황을 그대로 받아들이려고 했다. 그것이 당시에 겪고 있던 많은 문제들을 이해하는 가장 빠른 방법이라고 생각했다.

청소년 시기엔 꽤 좋은 성적을 받아 장학금으로 대학에 갈 수 있었고 대학 시절에는 국가 지원으로 적게나마 생활비를 받아 기숙사에서 살 수 있었다. 대학원에 가서는 록기의 사정을 아는 교수님에게 추천을 받아 지금의 연구소에 취업할 수 있었다.

금전적인 여유가 생기고부터는 지원 없이도 충분히 생활이 가능해졌다. 말 그대로 먹고사는 데 지장이 없었다. 재직 중 연애와 결혼을 금지한다는 연구소의 방침 덕분에 사람들과 친밀한 관계를 맺어야 한다는 의무감을 던 채로 지낼 수 있어서 좋았다.

누구보다 행복했다고 말할 수는 없지만 불행함을 크게 느낀 적이 없었다. 평일 업무를 마친 뒤에나 주말에 홀로 집에서, 가장 좋아하는 소파 위에 대각선으로 누워 축구를 보고 드라마를 보고 먹고 싶은 걸 시켜 먹는 것만으로도 꽤나 행복했다.

"그리고… 또 뭐가 있어?"

사실 록기의 인생은 그게 다였다. 서른 살까지 살아온 삶에서 더 되돌아볼 만한 일은 특별히 없었다.

"나쁠 것 없지 않나?"

'사실 인간이 이상한 거지. 비버는 평생 나무로 집을 짓는 것 외에 하는 일이 없잖아. 거북이도 평생 바다를 떠도는 것 외에 할 일이 없고. 인간만 너무 복잡해.'

"피곤해, 피곤해."

복잡했던 머릿속은 시간이 지나자 한 가지 생각으로 정리되었다. 담담히 받아들이자는 것. 언제든 올 일이 예상보다 조금 일찍 왔을 뿐이다. 딱히 이루어야 할 커다란 목표가 있는 것도 아니었고, 돌아보면 그때그때 하고 싶었던 건 나름 다 누리면서 살아온 것 같았다. 틈틈이 혼자 여행도 다녔고 갖고 싶은 물건을 사기도 했다.

그래. 잠깐 쉬자.

괜찮은 척 침대에 누워 눈을 감았지만 생각이 쉽게 멈추지는 않았다. '서른이 끝이라니 좀 젊지 않나.'라는 생각이 아니었다. 그 부분에는 이미 무디어져 있었다. 일하는 동안 젊다 못해 어린 이들의 죽음을 수없이 기록했으니까.

하지만 남은 시간을 어떻게 보낼지를 고민할 필요는 있었다.

마지막 주말 동안 맛있는 음식을 배달시켜 먹고 드라마와 축구나 실컷 보고 남은 돈은 어디 좋은 일을 하는 곳에 기부를 해야 하나 막연히 생각했다. 그때였다.

"잠깐만."

록기가 이불을 걷어차며 일어났다. 일요일에서 월요일로 넘어가는 밤 12시, 그러니까 록기가 죽고 1시간쯤 뒤, 드라마 〈호텔 브루노의 부인〉의 마지막 회가 공개된다는 사실을 기억해 낸 것이다.

"아니! 그건 아니지!"

지난 방영분은 브루노 부인의 남편을 죽인 범인이 부인을 찾아오면서 끝이 났다. 그 범인의 얼굴이 나오지 않고 끝난 것이다. 다음 주 월요일에 방영될 마지막 회는 총 다섯 개 시리즈에 걸쳐 무려 6년간 이어진 대장정을 마무리 짓는 회차였다.

그리고 축구. 월요일엔 정말 오랜만에 월드컵에서 좋은 성적을 거두고 있는 우리나라 대표 팀의 8강전도 중계된다.

"아…. 하필이면 왜!"

딱 하루만 더 산다면 다 볼 수 있는 것들이지만 록기는 그럴 수 없었다.

"살려 줘. 진한 흑맥주 한 잔을 먹고 죽겠어."

〈호텔 브루노의 부인〉에 등장하는 탐정 코젤의

명대사가 절로 나왔다.

여름 방학이 벌써 시작되었는지 공항 안이 북적였다.

"오늘 밤에 호놀룰루로 가는 비행기 좌석 있을까요? 최대한 빨리 출발하는 걸로요."

록기가 항공사 직원에게 물었다.

록기는 2시간 전, 옷을 갈아입고 무작정 공항으로 향했다. 비행기를 타기 위해서였다. 목적지는 한국과의 시차가 19시간인 하와이 호놀룰루.

"요즘은 휴가 시즌이라 좌석이 남아 있는 비행기가 많지 않아요. 아무래도 휴양지 쪽은 자리가 거의 없다고 보시는 게…."

내일 출발하는 건까지 찾아봤지만 아직 취소된 자리는 없었다. 어쩔 수 없이 록기는 공항 구석에 있는 의자에 자리를 잡고 앉았다.

항공권 예약 사이트에 들어가 검색해 보니 현재 시점에서 호놀룰루로 가는 가장 빠른 방법은 런던과 샌프란시스코를 경유해서 30시간을 소요하는 것이었다. 직항 편으로는 8시간이면 도착할 곳을 반대 방향으로 돌아가야 하는 것이다.

로으밤 로으밤

"그렇게 가는 비행기는 1시간 뒤면 출발이네?"

록기는 잠시 눈을 감고 신중히 판단하려 노력했다. 그 비행기를 탄다면 인생의 남은 시간 대부분을 비행에 쓰게 될 것이다.

빠르게 생각이 정리되었다. 록기는 서둘러 가방을 들고 일어섰다.

잠시 후, 록기는 런던으로 가는 비행기 안에 자리를 잡았다.

록기의 옆 복도 쪽 자리에는 한국인으로 보이는 차가운 인상의 여자가 앉았다. 진한 초록 티셔츠를 입은 여자의 탈색한 머리 사이로 커다란 링 귀걸이가 달랑였다. 턱을 괴고 있는 손에는 손가락 개수와 맞먹는 수의 반지를 끼고 있었다.

남다른 포스에 눌린 록기는 창문에 바짝 붙어 앉았다. 비행기 바퀴가 천천히 움직이는 게 느껴졌다. 이 비행기는 록기에게 시간의 마법을 부려 줄 호박마차였다.

"과정이야 어찌 되건 호놀룰루에 도착만 하면 되지, 뭐."

록기는 그렇게 말하며 스스로를 달랬다.

서경 157도에 자리한 하와이. 록기가 무리한 방법을 쓰면서까지 그곳에 가는 이유는 지난 휴가 때 받아 두었던 록기의 미국 관광 비자가 아직 유효했기 때문이었고 무엇보다 하와이의 시간이 한국보다 19시간 느리기 때문이었다.

죽음 시뮬레이션 연구에서 밝혀진 사실 하나. 죽음의 '때'는 경도에 따른 시차의 영향을 받는다. 그 말은 즉, 서쪽에 있는 나라로 가면 시차만큼의 시간을 벌 수 있다는 뜻이다. 죽음을 막을 순 없지만 미룰 순 있는 것이다.

록기가 지금 하와이로 간다면 죽음이 19시간 늦춰지게 된다. 그럼 시청하던 드라마의 마지막 회를 보고 고대하던 월드컵 경기까지 본 다음 이 생을 마무리할 수 있다. 서반구보다 시간이 더 빠른 동반구에 위치한 대한민국의 국민에게 주어진 특권이 아닐 수 없었다.

밤 비행기 안, 사람들은 하나둘 담요를 뒤집어쓰고 잠이 들거나 핸드폰으로 영화를 보는 등 긴 비행을 버틸 준비를 했다.

록기는 호놀룰루에서 달성해야 할 두 가지 목표를 세웠다.

로으밤 로으밤

1. 〈호텔 브루노의 부인〉의 마지막 회를 보는 것.
2. 한국 대표 팀의 월드컵 8강 경기를 보는 것.

록기가 자신이 세운 계획에 만족하며 잠시 눈을 감았다.

그때 무언가 좌석 아래로 툭 떨어지는 게 느껴졌다. 곧이어 들린 작은 탄식 소리에 록기가 눈을 떴다. 옆자리 여자의 시선을 따라가 보니 발 옆에 'Prague'라고 적힌 엽서가 떨어져 있었다. 록기가 몸을 숙여 엽서를 주워 들었다.

"어…? 여기!"

엽서의 사진 속 장소가 익숙해 록기는 자기도 모르게 외쳤다.

"어딘지 아세요?"

옆자리의 여자가 물었다. 예상치 못했던 반응이었다.

"알 것 같은데요. 〈호텔 브루노의 부인〉 촬영지 아닌가요?"

록기는 촬영지가 맞다는 것을 100% 확신했지만 의문형으로 대답했다.

"아. 그거 드라마죠? 글쎄요. 전 안 봐서."

"아마 맞을 거예요."

〈호텔 브루노의 부인〉의 주인공 배우가 인터뷰에서 '프라하에서 촬영한'이라는 말을 했던 것을 록기는 기억하고 있었다. 다시 살펴봐도 엽서 속 풍경은 분명 드라마에서 탐정 코젤이 운영하는 사무소 근처의 모습이었다.

"정확한 위치를 알고 계세요?"

"아뇨. 그건 저도…"

"아. 모르시는 게 당연하죠. 혹시나 해서 한번 여쭤본 거예요."

여자는 별일 아니라는 듯 웃고 나서 핸드폰으로 시선을 옮겼다. 그녀는 어플 속 지도를 보고 있었다.

아. 네. 록기는 그렇게 대답한 뒤 다시 눈을 감았다. 프라하라면 전에 가 본 적이 있는 곳이긴 했다. 이틀이면 중심부를 다 둘러볼 수 있는 정도의 작은 도시였다. 지도를 보면 엽서 속 장소의 위치를 찾을 수도 있겠다는 생각이 들었다.

"혹시 제가 같이 찾아봐도 될까요?"

록기가 핸드폰을 들며 조심스레 옆자리 여자에게 물었다.

"네? 그렇게 해 주지 않으셔도 괜찮아요."

여자는 조금 당황하는 눈치였다. 하지만 록기는 평소 모습답지 않게 적극적인 태도로 찾아보겠다고 말했다. 어차피 잠이 오지 않던 차였고 장소를 알아내는 일이 재미있을 것 같아서였다.

"네. 뭐 그럼." 여자가 록기에게도 잘 보이도록 엽서를 둘 가운데에 놓았다.

하지만 지도를 대충만 살펴봐도 외부에 2층으로 올라가는 철 계단이 있고 1층에는 펍이 있는 그런 건물은 프라하의 거리에 1000개쯤 있는 것 같았다.

쉽지 않은 미션에 두 사람이 빠져 있는 사이 기내식이 두 번 나왔고 런던행 비행기는 어느새 아시아를 가로질러 유럽에 다다랐다.

"이제 그만 찾아 주셔도 되는데…."

미안해하는 여자의 말에 록기가 고개를 저었다.

"아. 저는 괜찮습니다. 덕분에 시간이 잘 가요. 좋아하는 드라마라서 그런가 봐요. 저도 한번 가 보고 싶네요."

아마도 기회가 없겠지만. 복잡한 사정이 담긴 뒷말은 생략했다.

"프라하 가시는 것 같은데 런던을 경유하세요?"

록기가 여자에게 물었다.

"네. 직항보다 시간이 훨씬 더 걸리지만 그렇게 가는 게 제일 쌌어요. 여행 기간이 좀 길어서 시간보다 경비를 아껴야 하는 쪽이거든요."

"프라하에 오래 머무세요?"

"글쎄요. 가 보면 알겠죠?"

여자가 어깨를 으쓱이며 미소 지었다. 순간 록기
는 그녀의 자유로운 모습이 조금은 부럽다고 생각
했다.

런던 LONDON
죽음-43시간, AM 4:10 (GMT+0)

"좋은 여행 되세요."

비행기에서 내린 록기에게 옆자리에 앉았던 여
자가 장난스레 인사를 건넸다. 어쩐지 처음 마주했
던 얼굴과는 조금 다른 인상이 되어 있었다. 찾아
주겠다고 호언장담했던 장소는 찾지 못한 채 이별
이었다.

"네. 그쪽도 꼭 그 장소 찾길 바랄게요!"

록기가 조금 시끄러운 공항 내부와 멀어진 거리
를 감안해 손을 흔들며 큰 소리로 말했다.

"라라예요! 제 이름! 금라라요!"

"아! 네! 차록기입니다!"

'라라. 금라라 씨는 아마도 내가 이름을 마지막으로 알려 준 사람이 되지 않을까.' 록기는 생각했다.

샌프란시스코로 가는 비행기의 출발 시각은 2시간 뒤였기 때문에 록기는 서둘러야 했다. 우중충한 날씨 때문인지 유난히 어수선해 보이는 공항 안의 인파 속으로, 록기가 섞여 들어갔다.

"취소됐다고요?"

록기가 황당한 표정으로 항공사 직원에게 물었다. 샌프란시스코로 향하는 비행기가 결항되었다. 항공사 직원들은 내일 저녁에 출발하는 비행기로 바꿔 주겠다는 말만 앵무새처럼 반복했다. 영어를 못 알아들어서 또 묻는 게 아니라고 말하고 싶었지만 돌아오는 대답이 딱히 달라질 것 같지 않아 록기는 뒤돌아섰다. 내일 저녁이라니 시체를 태워 줄 셈인가.

록기는 깊은 한숨을 쉬며 환승 통로에 서 있던 공항 직원에게 다가갔다. 나이가 지긋해 보이는 그녀가 무뚝뚝한 표정으로 록기를 바라봤다. 비행기표를 새로 알아보려 하는데 환승 게이트 밖으로 나갈 수 있냐는 록기의 말에 그녀는 "어디로 가는데?"라고 짧게 물었다. 록기의 대답을 듣고 나서는 어딘

가로 무전을 하더니 자신이 알아봐 주겠다는 말을 남겼다.

잠시 후, 그녀는 무심한 표정과는 다르게 표를 구할 수 있을 것 같다는 희망적인 소식을 전했다. 3시간 뒤 출발하는 비행기에 취소된 자리가 하나 있다는 것이었다. 구매하고 싶냐는 물음에 록기는 그렇다고 답했다. 그녀는 항공사 직원을 불러 줄 테니 여기서 잠시 기다리라 하고는 떠났다.

"샌프란…시스코?"

그때였다. 누군가 록기의 소매를 잡아당겼다. 외모만으로는 서아시아 쪽 사람처럼 보이는 할머니였다. 록기가 직원과 나눈 대화 속의 '샌프란시스코'를 용케 알아들은 듯했다.

"아. 네. 샌프란시스코."

록기가 고개를 끄덕이며 답하자 할머니는 록기의 팔을 붙잡고 알아들을 수 없는 언어로 빠르게 말하기 시작했다. 록기는 당황스러웠지만 일단 핸드폰을 꺼내 할머니의 말을 녹음했다. 번역기 어플 화면에 '샌프란시스코. 남편이 병원에 있다.'라는 문장이 떴다. '위독.', '곧 죽는다.'라는 말이 이어서 붙은 것만으로도 사정을 대충 알 수 있었다. 샌프란시스코에 있는 남편이 위독하다, 서둘러 그곳으로 가야 한다는 말이었다.

　런던 히스로 공항. 수많은 사람들이 바삐 오가는 가운데 샌프란시스코행 비행기를 구해야만 하는 두 명의 아시안이 공항 벤치에 나란히 앉았다. 할머니는 직원이 오면 표를 구할 수 있는지 물어보겠다는 록기의 말에 조금은 진정을 한 상태였다. 록기의 손에는 할머니가 막무가내로 건네준 그녀의 여권과 결항 때문에 못 쓰게 된 비행기표가 들려 있었다.

　"푸…자?"

　록기가 비행기표에 적힌 탑승자명을 읽었다. 할머니가 미소 지으며 끄덕였다.

　그녀의 이름은 푸자 찬드. 네팔에서 온 할머니였다.

　아직 깜깜무소식인 직원을 기다리며 두 사람이 대화를 이어 나갔다.

　"이제 괜찮아요? 다 잘될 거예요."

　록기는 자신이 한 말이 번역기를 거치면 혹여나 제대로 전달되지 않을까 걱정되어 최대한 간단한 표현을 쓰려고 노력했다. 번역된 록기의 말을 들은 푸자는 고개를 끄덕였다. 다시 한번 길게 이어진 그녀의 말이 핸드폰 화면에 번역되어 나왔다. 하지만 이번엔 단어들이 마구 뒤섞여 있어 좀처럼 그 뜻을 유추하기가 어려웠다. 그나마 록기가 알아본 문장은 '보고 싶다.'였다.

"남편이랑 사이가 좋으셨나 봐요."

록기의 말에 할머니는 호탕하게 웃었다. 돌아온 그녀의 대답은 '아니.'였다. '평생 다른 마음'이라는 표현이 번역기 화면에 적혔다. 그리고 이어서 번역된 말은 또 한 번의 '보고 싶다.'였다.

"만나면 무슨 말 하실 거예요?"

그 물음에 할머니는 '할 말 없다.'라고 답한 뒤 '키스나 해 주지 뭐.'라는 의미로 보이는 제스처를 취했다. 록기가 그 모습을 보고 웃음을 터뜨렸다.

샌프란시스코에 여행을 가느냐는 푸자의 물음에 록기는 하와이행 비행기를 타러 간다고 답했다. 연륜의 힘인지 푸자는 록기의 대답이 이상하다 여기는 것 같지 않았다. 그저 미소를 지으며 하와이에는 바다 수영을 하러 가느냐 물었다.

"아뇨. 수영 안 해요. 바닷물을 안 좋아해요."

록기는 마치 귀가 잘 안 들리는 할머니를 상대하듯 팔로 엑스 자를 만들며 대답했다.

'그럼 왜?'

로으밤 로으밤

푸자가 물은 것은 하와이에 가야 하는 이유. 록기는 사실대로 말하지 못했다.

"모르겠어요."

번역된 록기의 대답을 확인한 푸자는 고개를 끄덕이며 록기의 손 위로 자신의 손을 포개 주었다.

멀리서 공항 직원이 다가왔다. 그녀는 여전히 무뚝뚝한 표정으로 알아본 바를 전했다. 역시나 남은 자리는 한 자리였다. 오늘 샌프란시스코로 갈 수 있는 사람은 록기와 푸자 중 한 사람뿐이다.

공항 환승 구역 안에 있는 카페의 샌드위치는 맛이 없었다. 그래도 핸드폰 배터리를 충전하고 달라진 일정을 정리할 겸 앉아 있기엔 나쁘지 않은 곳이었다.

"이제 어쩌지?"

샌드위치를 우적우적 씹으며 록기는 혼잣말을 했다. 새로 얻은 샌프란시스코행 티켓은 푸자에게 양보한 후였다.

티켓을 받은 푸자는 몇 번이고 고맙다고 인사하더니 답례로 줄 만한 물건이 없다며 고민했다. 그러다 이내 록기의 머리를 잘라 주겠다면서 작은 이발기를 꺼내 들었다. 예전에 남편의 머리를 종종 잘라

췄던 기억이 나서 마지막으로 예쁘게 다듬어 주고 싶어 챙겼다고 했다.

한사코 거절했지만 록기는 결국 푸자를 따라 공항 구석에 앉을 수밖에 없었다. 신문지로 머리 아래를 받치니 푸자가 거침없이 록기의 머리칼을 쳐 냈다. 놀라 달려온 공항 직원은 록기가 자초지종을 설명해서 겨우 돌려보냈다. 푸자의 간절한 눈빛에 직원의 마음이 약해져 다행이었다.

이발이 끝나자 록기는 머리카락이 떨어진 신문지를 조심스럽게 접어서 버리고 앉아 있던 자리를 서둘러 정리했다. 그러고는 '안 그래도 덥수룩했는데 시원해져서 좋다'며 푸자에게 엄지를 들어 주었다.

스포츠형으로 바짝 잘린 록기의 머리를 보고 푸자는 만족스러운 표정으로 떠났다. 이로써 죽기 전 푸자의 솜씨로 예뻐지게 된 남자가 하나 더 늘었다. 샌드위치를 먹다 뒷목이 새삼 휑하다는 느낌이 들어 록기는 그제서야 핸드폰으로 자신의 헤어스타일을 살폈다. 푸자 앞에선 엄지를 들었었지만 실제로 그럴 만한 모습인지는 그때까지 제대로 확인하지 못했다.

핸드폰 화면에 비친 사람은 누구인가 싶을 정도로 낯설었다. 옆머리가 다 날아가 버린 이 남자를

10년 전쯤 군대에 갈 때 봤던 것도 같았다. 며칠 못 깎은 수염과 다를 바 없어진 옆머리를 손바닥으로 만지며 록기가 우울한 얼굴을 했다. 머리카락을 잃어서가 아니었다. 사실 푸자와 헤어지고 나서부터 록기의 기분은 가라앉은 상태였다. 원인은 알 수 없었다. 하와이행 항공편이 있는 다른 경유지를 찾아볼 수도 있었고 한국보다 18시간이 느린 알래스카에 갈 수도 있었지만 왠지 의욕이 생기지 않았다.

그 순간 앞 테이블의 덩치 큰 아저씨가 일어났고 덕분에 모습이 드러난 누군가가 록기를 향해 손을 흔들었다. 아는 얼굴이었다.

"그사이 스타일이 많이 달라졌네요? 못 알아볼 뻔했어요."

"아. 라라 씨."

록기가 어색하게 웃었다.

"잘 어울려요. 근데 비행기 안 탔어요? 아까는 뛰어야 한다고 했잖아요."

"못 탔어요. 결항됐거든요. 라라 씨는요?"

"난 아직 2시간 남았어요."

두 사람은 빈 테이블을 사이에 두고 대화를 이어나갔다.

"그럼 록기 씨는 이제 어떻게 해요?"

"글쎄요. 꼭 가야 하는 건 아니어서⋯."

록기의 말에 라라가 눈을 둥그렇게 떴다.

"그냥 남은 시간 동안 런던이나 한번 돌아볼까 하는데⋯."

록기가 핸드폰을 꺼내며 말했다. 물론 라라는 록기가 언급한 '남은 시간'이 어떤 의미인지 알 리 없었다.

"런던에서 할 건 있어요?"

"아뇨. 아⋯ 그냥 돌아갈까요."

록기가 막막함이 섞인 한숨을 내쉬었다. 곧 카페 안으로 열 명이 넘어 보이는 단체 손님이 들어와 록기는 눈치껏 짐을 들고 라라의 테이블로 갔다. 다행히 그녀도 흔쾌히 앉으라며 손짓했다.

"그냥 목적 없이 떠난 거였어요?"

"목적이⋯ 있었죠. 있었는데 생각해 보니까 딱히 중요한 건 아닌 거 같아서요."

"뭐였는지 물어봐도 돼요?"

이상하다고 생각할 텐데. 록기는 잠시 고민했지만 이미 충분히 이상한 사람으로 보이는 것 같아 그냥 있는 그대로 말했다.

"하와이에서 월드컵 8강전을 보는 거요."

역시나 이해가 잘 가지 않는다는 얼굴이었지만 라라는 더 이상 캐묻지 않았다.

"아까 어떤 할머니랑 있는 거 봤는데."

"아. 샌프란시스코로 가는 다른 비행기표를 하나 구했다가 저보다 할머니 사정이 더 급한 것 같아 서 양보했어요. 남편이 거기 사시는데 사고가 나서 지금 위독하신가 봐요."

"아⋯. 그건 큰일이네요."

"그렇죠."

'큰일'. 죽는다는 건 인생에서 가장 큰 일이다. 록 기에게도 푸자의 남편이 겪고 있는 것과 같은 큰일 이 일어났다.

아니, 정말 같은 큰일일까.

록기가 다소 시무룩해진 사이, 라라는 샌드위치 를 한 입 베어 물었다. 역시나 입에 맞지 않았는지 이내 인상을 찌푸렸다.

"록기 씨. 프라하에 가 본 적이 있다고 했죠? 언제 갔었어요?"

"한 3년 전쯤?"

"어땠어요? 프라하요."

"어⋯. 좋았던 것 같아요."

말은 그렇게 했지만 사실 프라하는 록기에게 그

다지 인상적인 도시는 아니었다. 2주 정도의 긴 휴가가 생겨서 유럽 서너 국가를 쭉 여행하다 잠시 들른 도시였다. 독일 함부르크, 헝가리 부다페스트, 오스트리아 빈을 지나 도착한 프라하에 대해서는 나쁜 기억도 없었고 특별히 좋은 기억도 없었다.

"찾았어요? 엽서에 있는 장소?"

록기가 테이블 위 엽서를 보며 물었다.

"아뇨. 아직."

"다시 봐도 돼요?"

록기의 질문에 라라가 엽서를 건넸다. 받아 들면서 본 엽서의 뒷면에는 '저희 결혼합니다.'라는 문구가 적혀 있었다. 민감한 내용을 멋대로 본 것 같아 록기는 서둘러 엽서를 뒤집었다.

"아. 여기 위치는 직접 가 봐야 알 수 있을 것 같은데…. 카를교 건너서 비슷한 분위기의 동네가 있거든요."

록기가 괜히 아무 이야기나 주워섬겼다. 사정이야 잘은 몰라도 라라 역시 평범하지 않은 여행자임은 틀림없었다.

"그래요? 그럼 카를교 맞은편 주변을 한번 걸어 볼게요."

라라는 커피 한 모금을 마시며 고개를 끄덕였다. 그러고는 록기를 잠시 빤히 보더니 물었다.

"록기 씨, 돈 많아요?"

"네?"

갑작스러운 질문에 록기가 웃으며 되물었다.

"준비해 온 여행 자금이 넉넉하면 나랑 같이 프라하에 안 갈래요?"

"네?"

록기가 라라의 말을 제대로 들은 게 맞는지 확인하듯 다시 한번 물었다.

"갈 곳이 없다면요."

마치 집 앞 공원에 산책이나 같이 가자는 식의 가벼운, 하지만 무척이나 엉뚱한 제안에 록기는 고장 난 사람처럼 버벅거렸다.

"아…. 잠시 고민을 해 봐도 될까요?"

사실 고민의 여지가 없는 문제였다. 불과 몇 시간 전에 처음 본 여자를 따라 뜬금없이 프라하에 가는 건 있을 수 없는 일이니까.

"남편은 평생 호텔에 갇혀 나오지 못했어요."

"그렇군요."

탐정 코젤의 대사는 짧은 경우가 대부분이다. 심지어 가짓수가 다양하지도 않았다. 머리가 복잡해질 때는 "알겠습니다.", 누군가 시비를 걸거나 그를 당황하게 할 때는 "흥미롭군요."가 어김없이 나왔다. 사건 해결의 실마리를 찾았을 땐 "오늘 밤엔 맥주를 마실 수 있겠군요!", 수사가 미궁에 빠졌을 때나 곤란한 입장에 처했을 때는 "살려 줘. 진한 흑맥주 한 잔을 먹고 죽겠어."라고 말했다. 패턴이 워낙 일정해 팬들은 두 번째 시즌을 볼 때부터 탐정 코젤과 동시에 대사를 외칠 수 있을 정도였다.

"남편을 혼자 두는 게 아니었어요. 죽는 순간에 얼마나 무서웠을까요? 아마 많이 외로웠을 거예요."

"아뇨. 자책 마세요, 부인. 전 부인이 없지만 외롭지 않습니다."

"탐정님은 부인이 있었던 적이 없어서 외로운 줄도 모르는 거 아닌가요?"

"글쎄요. 진한 흑맥주를 한잔 먹고 싶네요."

지난 시즌의 5화, 오프닝. 록기는 결국 엽서 속 장소가 선명하게 등장하는 장면을 기억해 냈다. 그 장면에서 브루노 부인과 탐정 코젤은 골목을 따라 카페 주인을 만나러 가면서 대화를 나누었다.

록기는 머릿속으로 드라마 장면을 그리며 프라하 거리를 걷기 시작했다. 하늘에 구름이 낀 덕에 날이 많이 덥지 않았다. 후덥지근한 한국의 여름과는 다른 느낌이었다. 선선한 거리 곳곳에서는 사람들이 낮부터 맥주를 마시고 있었다.

프라하 구시가지의 상징인 시계탑을 지나 들어선 큰길에서 탐정 코젤의 사무소 앞과 유사한 골목을 발견한 것은 걷기 시작한 지 1시간이 채 지나지 않아서였다.

"그래. 피곤한 표정의 탐정 코젤이 이 골목 끝 코너에 다다랐을 때 고개를 돌리면… 2층엔 탐정 코젤의 사무소가 있고 1층엔 흑맥주를 파는 코젤의 단골 펍이 있는 건물이…."

록기가 골목 끝으로 가 고개를 돌렸다. 그러자 거짓말처럼 엽서 속 건물이 시야에 들어왔다.

"라라 씨! 여기!"

록기가 기쁨을 숨기지 못하고 뒤돌아 라라를 불렀다.

"진짜네! 진짜 찾았잖아!"

달려온 라라가 놀라 소리를 질렀다.

조금 전, 록기는 런던행 비행기 옆자리에 앉았던 승객을 따라 프라하로 왔다.

"이왕 한배를 아니, 한 비행기를 타게 됐으니 우리 말 놓죠."

프라하행 비행기표를 끊고 나서 라라가 제안했다.

"이미 한 비행기를 타고 런던까지 같이 왔는데." 라고 중얼거리며 록기는 고개를 끄덕였다. 혼잣말을 많이 하고 살았던 입장에선 어차피 반말이 더 편했다.

라라는 동행하자는 자신의 제안을 왜 받아들였는지 록기에게 자세히 묻지 않았다. 록기의 사연을 궁금해하지도 않았고, 나이가 어떻게 되느냐는 기본적인 질문조차 하지 않았다. 묻는다 해도 자세한 사정을 알려 줄 수 없는 입장에선 다행인 일이었다.

프라하행은 예정에 없었지만 나름 차분히 내린 결정이었다. 비행기가 결항된 시점에서 8강전 시청은 물 건너갔어도 드라마는 볼 수 있을 테니, 마지막 회를 보기 전에 촬영지를 찾아가서 흑맥주를 마시는 것도 나쁘지 않겠다는 생각이 들었다. 가장 좋아하는 드라마가 만들어진 곳이니 마지막 날을 보내기에 좋겠다 싶기도 했다.

'그래. 코젤 사무소 1층 펍에서 진한 흑맥주를 마시고 죽자.' 그렇게 마음먹고 록기는 이 도시에 왔다.

낮고 오래된 건물들 사이. 록기에게 익숙한 거리 위로 드라마 장면들이 겹쳐 보였다.

겨우 찾은 건물의 간판에는 낯선 단어가 적혀 있었다. PIVOVAR. 록기가 번역기를 돌려 보니 '양조장'이라는 뜻이었다. 그런데 1층에 자리 잡은 펍은 장사를 하는 것 같지 않았다. 2층 역시 문이 굳게 닫혀 있었다.

드라마 장면 속으로 들어온 것 같다는 감격도 잠시. 여기서 흑맥주를 먹겠다던 록기의 야심 찬 계획은 무산되었다.

라라는 엽서 사진과 눈앞의 풍경을 몇 번이나 번갈아 보며 비교했다. 그러더니 엽서를 가방에 넣었다.

"막상 오니 딱히 할 게 없네."

"사진은 안 찍어?"

"뭐, 한 장 남겨 둘까? 이 여행의 시작점이니."

라라가 건물 앞에 서자 록기가 핸드폰으로 사진을 찍어 주었다.

"록기 씨도 서 봐."

"아. 난 괜찮은데."

결국 록기도 쭈뼛쭈뼛 사진을 한 장 찍었다. 카메라 앞에 서는 일은 좀처럼 없었던 터라 어색했다.

"가자! 록기 씨가 도와줘서 이렇게 빨리 찾았으니까 내가 맥주 한잔 살게!"

프라하를 찾은 소기의 목적을 달성한 라라가 외쳤다. 덕분에 록기는 다음엔 또 뭘 해야 할지 생각할 필요 없이 라라를 따라 움직였다.

두 사람은 어느새 많이 가까워졌다. 우연한 계기로 낯선 국가에서 낯선 사람과 가까운 사이가 된다는 건 아주 신기한 일이었다.

"프라하에는 얼마나 있을 거야?"

길을 걸으며 록기가 물었다.

"글쎄. 일단 그 엽서 속 장소를 찾을 목적으로 온 거라 출발할 때 오늘 묵을 숙소만 잡아 뒀거든."

"대단히 즉흥적인 여행이네."

누가 할 소리. 라라는 생각할수록 록기가 프라하에 있는 게 신기하다며 웃었다.

두 사람은 마침 눈에 띈 식당 안으로 들어가 자리를 잡았다.

로으밤 로으밤

"그거 알아? 여기 평점이 1.5점이야."

핸드폰으로 이 식당을 검색해 본 라라가 작게 말했다.

"5점 만점에? 그럼 나갈까?"

록기가 자기도 모르게 몸을 수그리고 작은 목소리로 말했다. 라라 외에는 한국말을 알아들을 사람이 없어 보였지만 왠지 조심해야 할 것 같았다.

"음…. 아니. 괜찮으면 있자. 재미있을 거 같아."
"평점 낮은 식당에 흥미가 있는 편이야?"
"아니, 평소에는 4점 아래인 식당은 가지 않는 편. 근데 오늘은 그냥 궁금해서."

라라가 음식점 안을 둘러보며 말했다. 왠지 모르게 삐뚤어지고 싶다는 라라의 마음이 느껴졌다. 록기는 그 심리가 재미있다고 생각했다.

이국의 식당이라 그런지 분위기는 그럭저럭 괜찮은 것 같았고 대낮부터 술을 마시고 있는 사람들은 관광하고는 거리가 멀어 보였다.

웨이터의 태도는 평점에 딱 걸맞았다. 어느 정도 예상을 한 터라 딱히 기분이 나쁘지는 않았다. 영어 메뉴판이 없어 두 사람은 메뉴판 속 그림을 가리키며 굴래시와 감자튀김으로 보이는 메뉴를 주문했다. 그다음에는 가게 입구에 크게 그려진 흑맥주 그

림을 가리켰다. 퉁명스러운 웨이터는 고개를 젓더
니 구석 테이블에 열 개가 넘는 맥주잔을 쌓아 놓은
아저씨들을 가리켰다. 저 사람들이 다 먹어서 품절
이 됐다는 말이었다. 웨이터는 흑맥주를 마시고 싶
으면 내일 오라고 다소 거만한 표정을 지으며 말했
다. 라라는 흑맥주가 없다면 가지고 있는 맥주 중에
서 아무거나 달라고 했다.

음식을 기다리는 사이, 한 할아버지가 식당 안으
로 들어와 록기와 라라 앞에 자리 잡고 섰다. 그는
아코디언 연주를 듣고 싶은지 정중하게 물었다. 얼
결에 끄덕인 두 사람 앞에서 그는 몇 분간 놀라운
아코디언 연주를 들려주고는 순식간에 10유로를
받아 밖으로 나갔다.

웨이터가 가져온 맥주는 이름을 알 수 없는 라거
맥주였고 맛은 나쁘지 않았다. 얼마 지나지 않아 흑
맥주를 동나게 한 아저씨들이 주인장에게 뭔가를
건의하는 듯싶더니 곧 벽에 걸려 있는 작은 TV가
켜졌고 축구 경기가 방영되었다.

네덜란드와 가나의 8강전이었다. 아프리카 국가
가 8강에 올라온 것이 오랜만이었기 때문에 경기
장 안 열기가 꽤 뜨거워 보였다. 두 나라 국민 이외
의 사람들에게는 재미있는 내깃거리에 불과하겠
지만. 가게 안의 술주정뱅이들은 경기를 보며 모자

에 돈을 담기 시작했다. 잠시 후 웨이터가 록기와 라라에게 다가와 당신들도 돈을 걸겠냐고 물었다. 록기의 눈짓을 받은 라라가 말했다.

"여기서 이기는 팀이 4강에서 우리랑 붙게 되는 거잖아? 당연히 가나가 이겨야지. 그래야 우리가 우승할 가능성이 높아지는 거 아니야?"

라라는 가나에 10유로를 걸었다.

"우리가 월드컵 우승을? 8강 상대는 브라질이야."

록기는 잠시 고민하다 네덜란드에 10유로를 걸었다. '우승은 절대 안 돼!' 그런 역사적인 일이 죽고 난 뒤 며칠 안에 벌어진다면 록기는 억울함에 무덤을 박차고 나올지도 모른다.

라라와 록기는 각자 응원하는 국가의 골이 들어갈 때마다 상대가 묻는 말에 무조건 솔직하게 대답하기로 했다. 그 규칙을 정하기가 무섭게 가나가 선제골을 넣었다. 이런. 가나 선수들이 저렇게 빠를 줄이야. 록기가 충격에 빠진 사이 라라는 무슨 질문을 할지 궁리했다.

"왜 그렇게 혼잣말을 해?"
"응?"

록기가 전혀 예상치 못한 질문이었다.

"사실, 처음 비행기에서 봤을 때는 진짜 이상한 사람이라고 생각했어. 자꾸 중얼거려서."

진심이 담긴 라라의 표정에 록기는 웃음을 터뜨렸다.

"미안. 습관이야. 몇 년간 혼자 일하다 보니까 그렇게 됐어."

"신기하네."

"라라 씨는 혼잣말 안 해?"

"별로. 부모님이랑 살기도 하고 회사에서도 사람들과 같이 일할 때가 많아서 그런가."

"회사원이야?"

라라의 말에 록기가 놀라 물었다.

"응. 뭐. 얼마 전까진."

"그냥 평범한 회사원?"

"강남 언저리에서 목걸이 사원증을 걸고 돌아다니는 사람을 평범한 회사원이라고 한다면."

두 사람이 시시콜콜한 대화를 나누며 웃는 사이 식당 안이 또 시끄러워졌다. 이번엔 네덜란드가 동점 골을 넣었다. "그렇지!" 록기가 박수를 쳤다. 그 기세를 이어 네덜란드가 연달아 골을 넣으면서 록기는 두 번의 질문 기회를 차지하게 되었다.

"머릿속에 아무도 모르는 비밀이 있다면?"

로으밤 로으밤

"음…. 대단한 비밀까지는 아니지만 종종 쓸데 없는 상상을 해."

"예를 들자면?"

라라는 최근 들어선 주로 사표를 던지는 상상을 했다고 말했다. 뒤이어 월급이 없어진 한 달 뒤를, 석 달 뒤를, 1년 뒤를 생각해 봤다고. 옷이 남루해 지고 좋아하는 야식의 값이 무겁게 느껴질 것이라 는 비극적 결말에 도달하면 결국 다음 날 출근을 하 게 되었다고.

더러는 갑자기 로또 1등에 당첨되는 공상을 하거 나 각종 비명횡사를 상황별로 상상해 본다고 했다.

"비명횡사?"

"응. 커피 마시러 회사 옥상에 올라갔다가 난간 밖으로 떨어진다든가 침대 위에서 자고 있다가 건물이 통째로 무너져서 추락한다든가 하는 식 의, 흔히들 하는 죽음에 대한 상상 말이야."

"흔히 하는 상상은 아닌 것 같은데."

"그래? 난 꽤 보편적인 걱정이라고 생각해. 갑자 기 죽으면 좀 그렇잖아."

"뭐가 제일 신경 쓰이는데?"

라라의 상상이 마냥 쓸데없다고 말할 수 없는 처 지가 된 록기가 물었다.

"죽는 순간에 내 마지막 모습이 정해지는 거잖아. 갱신이 되지 않는. 만일 뿌리 염색이 안 되어 있거나 구멍 난 양말을 신은 상태로 마지막을 맞는다면 아쉬울 것 같아. 하다못해 다 늘어난 속옷은 입고 있지 않았으면 좋겠어. 언제 죽더라도 창피하지 않을 모습을 유지해야겠다고 항상 생각하지. 집 앞 슈퍼에 가더라도 세수하고 머리 감고 나가자! 이렇게."

"그런 문제가 없으면 세수 안 하고 머리 안 감고 나갈 생각이었어?"

록기의 장난스러운 말에 라라가 들켰다는 듯한 표정을 지었다.

록기는 맥주를 한 모금 넘기며 '가만, 오늘 무슨 속옷을 입었더라.' 하고 슬쩍 걱정했다.

"사실 대부분의 상상은 현실이 되지 않지. 특히 내 의지가 필요한 일들은. 곤란해질 만한 짓을 스스로 하지는 않으니까."

어떤 행위가 일으킬 최악의 경우를 상상하다 보면 그 행위를 안 하는 것이 정답이라고 생각할 수밖에 없다.

"두 번째 질문은… 그 엽서 속 장소엔 왜 가 보고 싶었던 거야?"

로으밤 로으밤

록기는 비행기에서부터 참고 있던 질문을 했다. 라라는 잠시 괴로운 표정을 지었다.

"아, 이건 창피한데."

"가나를 탓해."

록기가 농담조로 한 말에 라라는 잠시 고민하더니 분위기와 술기운을 빌려 자신의 짝사랑에 대한 이야기를 시작했다. 무려 3년이나 그녀가 짝사랑한 상대는 같은 직장의 동료였다. 스스로가 한심하다는 듯 라라가 몸서리쳤다.

"고백을 해 볼까. 거절당하면 어떻게 할까. 사귀다 헤어지면 어쩌지. 그런 생각만 하다가 끝나 버렸지."

"같은 회사에 다니는 사람이랑 문제라도 생기면 일이 커지니까 걱정할 수밖에 없었겠지."

"맞아. 근데 그 사람이 결혼을 한다고 하더라. 지난겨울에 프라하로 여행을 왔다가 만난 사람이랑. 이게 그 청첩장이야."

엽서를 꺼내 식탁에 턱 하고 올려놓고는 라라가 남아 있던 맥주를 꿀떡 마셨다.

"가만히 생각해 보니까 지금까지 그 사람과의 관계에 대한 상상에 쏟은 에너지가 너무 아깝다는 생각이 드는 거야. 그래서 이제 상상은 그만두기로 마음먹었어. 그 다짐을 실천하는 첫 번째 방법으로 엽서 속 장소에서 여행을 시작하기로 한 거야. 미리 정해 놓은 것은 시작점과 예산뿐이야. 가진 돈을 다 쓸 때까지 마음대로 해 보려고. 라라의 상상이 현실이 되는 거지."

"멋있어요! 라라 씨."

록기가 출전하는 축구 선수를 응원하듯 외쳤다.

"털어놓은 게 벌써 후회된다. 잊어 줘."

라라가 부끄러워하는 사이, 가나가 골을 넣었다.

"예! 이제 록기 씨도 정말 아무도 모르는 비밀 하나 알려 줘."

라라는 '옳다구나' 하며 창피함을 나누자고 했다.

"비밀? 음…."

록기는 자신이 가지고 있는 비밀 중 어떤 것을 이야기해도 되는지 한참 생각했다. 그리고 그나마 충격의 수준이 덜해서 분위기를 망치지 않을 정도의 정보를 골랐다.

"나는 사실 연애하면 잘리는 일을 하고 있어."

"뭐? 그런 직업이 어디 있어. 아이돌이야?"

라라는 도대체가 예상 범위 내의 대답을 뭐 하나 들을 수 없다며 고개를 저었다.

로으밤 로으밤

"정보를 다루는 일이라 가족도 가까운 사람도 없어야 하거든."

"진짜야? 하는 일이 뭔데? 비밀 요원, 이런 건가."

"아니, 내가 하는 일이라고는 그냥 집에서 컴퓨터로 보고서 쓰는 일이 다야."

"신기하다. 연애를 하면 안 된다니. 안 된다고 하면 왠지 더 하고 싶고 그럴 것 같은데."

"글쎄. 이 일을 하기 전에도 연애에는 관심이 많지 않았으니까."

"왜? 혼자인 게 편해?"

"아…무래도?"

홀로 지내는 것이 너무나 당연하다고 생각해 왔던 록기는 라라의 말에 문득 새삼스러운 느낌이 들었다.

"그럼 내가 괜히 같이 오자고 한 거 아니야? 우리가 이렇게 함께 다니는 건 괜찮아? 뭐, 이제 와선 소용없는 질문 같기는 하지만."

라라의 입에서는 '같이', '우리', '함께'처럼 록기가 거리감을 느끼는 단어들이 계속해서 튀어나왔다.

"고마웠어. 같이 가자고 해 줘서. 정말 갈 데가 없었거든."

진심을 담아 말하고 나니 민망함이 밀려왔다. 록

기는 부끄러움을 견딜 수 없어 다급히 다음 질문을 생각했다.

"좋아하는 영화 있어?"

다행히 라라는 뜬금없는 질문에 자연스레 대답해 주었다.

"좋아하는 영화라… 많지. 일단 가장 먼저 떠오르는 건 〈내가 널 사랑할 수 없는 열 가지 이유〉야."

"그거 좀 오래된 영화 아니야?"

"맞아. 어릴 때부터 본 영화야. 보면 기분이 좋아져서 주기적으로 틀어 봐. 봤어?"

"응. 나도 봤어."

그다지 재밌다고 생각한 영화는 아니었다. 사실은 영 현실감이 떨어지는 영화라고 생각했었다. 구세대의 로맨스 영화는 온 신경을 사랑에 쏟은 채 미래를 마냥 낙관하는 로맨티시스트들의 이야기였으니까. 조심스레 꺼낸 록기의 견해에 라라도 선선히 고개를 끄덕였다.

"동의해. 근데 난 그래서 좋아. 언젠가 회사도 월세도 신경 쓰이지 않을 사랑을 나도 해 보고 싶어. 80대가 되면 가능해질까."

라라는 자신의 짝사랑에 대해 '상상만 하다 끝나 버린 허무한 일'이라고 말했다. 하지만 록기가 보기에는 그렇지 않았다. 이렇게 특별한 여행을 떠나게 할 만큼의 사랑이었다면 분명 대단한 일이었을 것이다.

그렇다면 나는 어떠했던가. 록기는 자신을 돌아보았다. 만으로 서른. 길다면 길고 짧다면 짧은 인생을 살면서 만난 사람들 중에 '사랑했던'이란 수식어를 붙일 만한 인물을 고르기란 어려운 일이었다. 어쩌면 연애와 결혼을 할 수 없는 지금의 직업이 사랑을 뒷전에 둔 자신의 선택에 더 큰 당위성을 부여했을지도 모른다.

두 사람의 대화가 이어지는 사이, 가나와 네덜란드의 경기는 동점인 상태로 후반전을 지나 연장전에 들어가더니 종국엔 승부차기에 이르렀다.

"난 승률이 낮은 팀이 가끔씩이라도 이기는 게 좋아."

왜 가나를 응원하느냐는 록기의 질문에 라라는 그렇게 대답했다. 어떤 마음인지 록기도 알 것 같았다. 록기 역시 순위 밖의 팀이 강팀을 이기는 예상 밖의 게임을 좋아했다.

한 축구 경기장에서 골 잔치가 벌어지는 가운데 두 사람은 이제 서로를 꽤 잘 아는 사이가 되어 있었다.

승부차기가 시작되자 오늘의 술값 전체를 이 경기에 건 아저씨들이 흥분하며 소리치기 시작했다. 응원가를 부르는 건지 고함을 지르는 건지 가늠이 되지 않았다. 네덜란드가 네 골을, 가나가 세 골을 넣으면서 결과적으로 네덜란드 팀이 4강에 진출하게 되었다. 선수들이 공을 차고 환호하거나 좌절하는 동안 록기와 라라는 번갈아 가며 질문과 대답을 주고받았다.

쉬는 날엔 뭐 해?

축구, 드라마, 아님 영화를 봐. 당연히 맥주도 마시고. 라라 씨가 가장 좋아하는 동물은 뭐야?

바다거북. 해초 먹는 걸 보고 있으면 마음이 편안해져. 바다거북 다큐만 보면서 주말을 보낸 적도 있어. 나도 같이 바닷속에 잠수하고 있는 것 같아서 좋아. 해방되는 느낌이 들어. 록기 씨가 가 본 곳들 중에 가장 좋았던 여행지는?

오늘의 프라하.

뭐야. 느끼해.

진짜야. 죽기 전에 코젤 사무소에 가 볼 수 있어서 좋았어.

로으밤 로으밤

그렇게까지?

라라 씨는 이제 뭐 할 거야?

록기 씨, 모레 있을 8강전도 나랑 이 식당에서 같이 보는 건 어때?

저녁에도 카를교 위에는 사람들이 북적였다. 그들 사이에서 악사들이 공연을 하고 있었다. 록기와 라라는 잠시 멈춰서 연주를 감상했다.

록기는 아직 라라의 마지막 질문에 대답을 하지 못했다. 경기가 끝나자마자 식당 안에서 다툼이 벌어지는 바람에 급하게 나오느라 일단 자연스레 답을 피할 수 있었지만 록기는 걸어오는 내내 마음이 복잡했다. 우리나라 팀의 8강전이 열리는 모레 새벽, 록기는 그 식당에 갈 수 없다.

"저 사람 스타일이 특이하다."

라라가 자신 앞으로 빠르게 걸어 나가는 키가 큰 남성을 보고 말했다. 그는 많은 사람들 속에서도 단연 눈에 띄었다.

"그러게. 올 블랙 차림에 빨간 지갑이라니."

록기가 동의하며 그의 뒷모습을 눈으로 좇았다.

"오늘따라 특이하고 재미있는 일이 많네. 아니,

여행을 와서 다 그래 보이는 건가."

"뭐가 가장 재미있었는데?"

"하나만 고르자면…"

잠시 멈춰서 록기를 보는 라라의 얼굴에 웃음이
번졌다. 록기는 영문을 몰라 고개를 갸웃했다.

"그 장면이었지. 어떤 남자가 공항 안에서 머리를
자르는 모습."

"아. 봤구나."

록기의 얼굴이 금세 붉어졌다. 아무래도 평범한
모습은 아니었을 것이 분명했다.

"비행기표를 양보해 준 보답으로 머리를 잘라 준
다고 하시는데 거절하기가 어려워서. 뭐, 덕분에
시원해지기도 했고."

그랬구나. 역시나. 라라는 그렇게 말하며 고개를
끄덕였다.

"대충 짐작은 갔는데… 재밌었어. 저 남자, 좀 이
상하지만 좋은 사람이구나 생각했고. 갈 곳을 잃
었다길래 프라하에 데리고 가도 되겠다 싶었지."

두 사람은 웃으며 카를교를 마저 걸었다.

번화가를 벗어나자 오밀조밀한 건물들 사이로

라라가 예약해 두었다는 호텔이 보였다. 세로로 긴 직사각형 창문이 정갈하게 난 작은 건물이었다.

"어떻게 할래? 숙소가 필요하면 여기에 빈방이 있는지 알아봐 줄까?"

라라가 물었다. 록기는 잠시 생각한 다음 고개를 저었다.

"아니. 그만 가 봐야 할 것 같아. 정말로 더 같이 있고 싶지만 남은 시간이 얼마 없어서 일정을 짧게 잡았거든."

록기의 말에 라라는 조금 실망한 표정을 지었지만 이내 끄덕였다. 그리고 록기의 가방을 가리키면서 장난스럽게 대꾸했다.

"짐을 보니 그런 것 같아."

작은 백팩 하나만 챙긴 록기는 마치 비행기가 아닌 전철을 타고 온 것 같이 단출한 모습이었으니까.

"그럼 아쉽지만 여기서 헤어져야겠네."

라라가 반지를 잔뜩 낀 손을 펴 록기에게 인사했다.

"응. 정말 아쉽지만."

"즐거웠어, 오늘."

'그래. 나도. 가 볼게.' 하고 돌아서면 되는데 록기의 입에서는 왠지 마지막 인사말이 쉽게 나오지 않았다.

"아직 시간이 있으니까 조금만 더 얘기할까? 여기서 기다릴게. 우선 체크인하고 나와."

라라는 알겠다며 호텔 안으로 들어갔다.

록기는 가로등 아래 서서 라라와 마지막 인사를 어떻게 나눌지에 대해 궁리했다.

자신의 사정에 대해 솔직하게 말해 볼까 잠시 고민했지만 아무래도 그건 좋은 생각이 아닌 것 같았다. 죽음을 목전에 두고 있을지언정 연구소의 기밀 유지 서약을 무시할 수 없었고 무엇보다 라라가 떠나게 될 긴 여행의 시작을 망치고 싶지 않았다. 갑자기 만나 잠시 동행한 남자가 내일 밤에 죽는다는 사실을 굳이 알아야 할 필요는 없다. 그저 프라하의 야경처럼 여행 첫날에 '잠깐' 본 기억으로만 남으면 된다. 그럼 아마 여행이 끝날 때쯤엔 흐릿해질 것이다.

벤치에 앉아 생각을 정리하고 있는데 누군가 록기의 옆으로 와 앉았다. 검정 옷을 입고 빨간 지갑을 든 남자였다. 록기와 눈이 마주치자 남자는 눈으로 인사했다. 얼떨결에 록기도 그에게 인사를 했다. 남자는 짧은 영어로 말을 걸어왔다.

"여행?"

로으밤 로으밤

"아. 응. 여행."

록기가 고개를 끄덕이며 대답했다.

"여자 친구?"

남자가 호텔 라운지에 서 있는 라라를 가리키면서 물었다.

"아니야. 친구."

아마. 모르긴 해도 친구쯤은 되었을 것이라고 록기는 생각했다.

"좋아해? 계속 그녀를 보던데?"

남자는 같은 반 친구를 놀리듯 말했다.

"그녀와 나는 오늘 처음 만났어."
"그게 무슨 상관이야."

록기는 고개를 저으며 웃었다. 남자는 한쪽 눈썹을 추켜올리며 덧붙였다.

"모든 일은 순식간에 일어나는 법이지."
"그런가."
"즐거운 여행 해."

그가 일어섰고 록기는 작별 인사를 했다. 하지만 남자는 록기의 인사를 받지 않았다. 아니, 받지 못했다는 말이 더 정확했다. 순간 멀리서 호루라기 소리가 들리더니 남자가 달리기 시작했으니까. 뒤이어 경찰관으로 보이는 사람들이 나타나 그가 도망친 방향으로 뛰어갔다.

"뭐야?" 깜짝 놀라 벤치에서 일어난 록기는 불길한 예감에 급히 뒤돌아봤다. 그리고 자신의 가방이 사라졌다는 것을 알아챘다.

모든 일은 순식간에 일어난다더니 이런 뜻이었어? 록기는 멍하니 그와 경찰이 달려간 방향을 보며 서 있었다.

그사이 라라가 호텔 문을 열고 나왔다.

"라라 씨, 나 큰일…"
"방이 없어."
"어? 빈방? 나는 다른 데서…"
"아니. 내 방도 없어."

그러고 보니 라라는 록기만큼이나 당황한 모습이었다.

오버부킹이었다. 입실을 늦게 한 라라가 묵을 수 있는 방은 남아 있지 않았다. 환불을 받을 수는 있지만 그보다는 당장 잘 곳이 사라졌다는 점이 더 큰 문제였다.

"호텔 직원이 날 걱정하면서 하는 말이 근방엔 지금 들어갈 수 있는 숙소가 없을 거래! 나보고 노숙하라고?"

"노숙해 본 적 있어?"

당황한 록기가 말도 안 되는 질문을 했다.

"어? 노숙이 보통 한 번쯤 해 볼 수 있는 일인가?"

"아니, 아니…. 미안. 나도 좀 정신이 없어서."

"무슨 일 있어?"

"나, 도둑맞았어."

"뭐?"

놀란 라라의 목소리가 어두워진 프라하 골목에 울렸다.

록기와 라라는 라라의 커다란 배낭을 가운데 두고 조금 전 벌어진 도둑질의 현장이었던 벤치에 앉았다.

"가방은 안 찾아봐도 돼? 경찰이 범인 잡았을 수도 있잖아."

"괜찮을 것 같아."

그가 가져간 록기의 가방에 있는 물건이라고는 혹시 몰라 챙긴 여벌의 속옷, 반팔과 반바지 각각 한 벌, 그리고 작은 다이어리와 펜이 전부였다. 불행 중 다행으로 지갑과 여권은 바지 주머니 안에 있었으니 가방을 찾는 것은 그리 중요한 일이 아니었다.

지금 괜찮지 않은 상황에 처한 사람은 라라였다. 라라는 망연자실한 표정을 짓더니 이내 고개를 푹 숙였다.

"역시 사람은 생긴 대로 살아야 하는 걸까. 객기를 부려서 급하게 여행을 결정했더니 시작부터 탈이 나네."

라라가 한숨을 내쉬었다.

뒤이어 록기가 시계를 보자 라라는 가야 한다던 록기의 말이 떠올랐는지 벌떡 일어났다.

"맞다. 걱정 말고 가 봐! 난 이 주변 숙소나 한번 찾아볼게. 어디 하나는 있겠지."

하지만 록기가 시계를 본 이유는 떠나야 하기 때문이 아니었다. 아직 시간은 남아 있었다.

록기가 비장한 표정으로 라라를 마주했다.

"호놀룰루에 갈래?"

록기는 생각했다. 혹시 나의 상상도 현실이 될 수 있을까.

"8강 보러 가자."

록기와 라라를 마지막으로 태우고 비행기는 문을 닫았다. 라라의 좌석은 록기의 좌석보다 일곱 줄

로으밤 로으밤

앞에 있었다. 먼저 자리 잡은 라라가 이내 일어나 록기를 찾았다. 록기도 목을 빼고 라라에게 손을 흔들었다.

어젯밤까지만 해도 처음 보는 얼굴이었는데. 록기는 앞으로 몇 년이 지난 뒤에 길에서 마주하더라도 라라를 알아볼 수 있을 것 같았다. 인연이라는 게 새삼 신기했다.

비행기가 깜깜한 하늘로 날아올랐다. 록기는 하루의 길이를 조금 더 늘리기 위해 시간을 거슬러 밤에서 밤으로, 또 밤에서 밤으로 날아가고 있었다. 서울에서 런던을 거쳐 프라하에 갔다가 또다시 암스테르담을 경유해 시애틀로 가는 비행기에 올라탔다. 하루 만에 그렇게 했다는 게 실감이 나지 않았다. 라라가 긴 여행 중 미국에 한 번은 들르지 않을까 하는 생각으로 비자를 받아 두어 다행이었다.

무슨 용기였을까. 벤치에 두었던 가방을 잃어버리고 라라도 잘 곳을 잃었다는 것을 알게 된 순간 록기의 마음속에는 살면서 한 번도 가지지 못했던 패기가 생겨났다.

남들은 직전에나 알아차릴 죽음의 시기를 미리 알게 되었다. 축구 경기에 비유하자면 추가 시간을 받은 것이다. 축구 선수들은 추가 시간에 물불 가리지 않는다. 할 수 있는 건 다 해 봐야 하니까.

추가 시간에 이미 경기가 다 끝났다는 듯 슬렁슬렁 걸어 다니는 것은 록기가 가장 싫어하는 플레이다. 시간을 허투루 보내지 말자. 록기가 속으로 다짐하는 사이 뒤늦게 자리에 앉은 옆자리 승객의 모습이 창문에 비쳤다. 익숙한 얼굴이었다.

'저 사람을 어디서 봤더라.' 이윽고 그가 누군지 알아챈 록기가 놀라 고개를 돌렸다.

"저… 혹시 김영 선수 아닌가요?"

대한민국 축구 국가 대표 팀 주장을 맡은 선수 김영. 해외 리그에서 이름을 알렸기에 사람들은 그를 흔히 영 킴이라 불렀다. 축구를 사랑하는 한국인이라면 절대 싫어할 수 없는, 아니 축구에 대해 잘 모르더라도 좋아할 수밖에 없는 스타였다. 그나저나 아프리카에서 한창 경기를 준비해야 할 그가 왜 이 비행기 안에 있는지 록기는 의아했다.

"8강 준비 안 해요? 왜 여기 있어요?"

그는 말없이 미소 지었다. 카메라를 향할 때면 항상 보여 주는 윙크와 함께. 그 순간 록기는 이 상황을 납득했다. 자신은 지금 꿈을 꾸고 있는 것이다.

"놀랍네요. 전 꿈을 거의 꾸지 않는데요."
"오. 난 경기에서 지면 꼭 꿈을 꿔요."

로으밤 로으밤

"인터뷰에서 들었어요."

"네. 들었으니까 꿈에 나오겠죠. 꿈은 내면에 저장된 것들로 만들어지거든요."

그가 냉정해진 얼굴로 말했다.

"어쩐지 인터뷰 때처럼 어색한 모습이다 했더니 그래서였군요."

김영은 마치 카메라를 보고 인사하듯 록기에게 손을 흔들었다.

"신기하네. 꿈은 1년에 한 번 꿀까 말까 하는 정도거든요."

"그렇다면 아무래도 아쉬운 게 생긴 거겠죠. 꿈은 미련의 영역이거든요."

"글쎄요."

"오. 남들은 90분 꽉 채워 끝내는 경기를 전반전도 다 못 치르고 30분 만에 종료하게 된 셈인데요? 경기 시작하고 나서 30분 뒤면 이제 막 몸이 풀렸을 때인데 아쉽지 않아요?"

"많은 사람들이 풀타임을 전부 뛰지 못하고 경기를 끝내요. 저도 90세 넘어서까지 살 거라고 생각하지는 않았어요."

록기는 연구소 일을 통해 살아 있다는 것은 생각보다 당연하지 않다는 것을 배웠다. 삶의 길이는 공평하지 않다. 누구에게나 공평하지 않다는 점에서 오히려 공평했다.

"그럼 왜 하와이에 가죠? 왜 시간을 늘리죠? 8강 경기를 보기 위해서인가요? 그렇다면 저 여성분은 왜 데리고 가요?"

록기가 말없이 김영을 바라봤다. 김영은 경기 중 답답하게 움직이는 후배들을 독려할 때처럼 박수를 치고 손을 빙글빙글 돌렸다.

"인정할게요. 사실 조금 아쉬웠어요."

"왜 같이 가자고 했죠?"

김영이 다시 록기를 재촉했다,

"라라 씨랑 다니면 재미있으니까."

"재미를 찾아서 뭐 해요? 내일이면 죽는 사람이."

최고의 공격수라 그런지 김영은 록기가 막을 수 없는 기세로 치고 나갔다.

"그러게요. 그게… 말도 잘 통하고… 그리고 매력 있는 사람 같아요. 더 오래 지켜보면 어떤 모습을 보여 줄지 궁금해요. 솔직히 이대로 헤어지기 싫었습니다."

"좋아요! 그 솔직한 자세! 그럼 갑시다!"

"네?"

로으밤 로으밤

순간 김영과 록기가 있는 곳이 그라운드로 변했다. 달려! 김영의 목소리가 들렸다.

라인이 그려진 잔디 위로 록기가 달렸다. 그다음 라인, 그다음 라인으로 넘어갈 때마다 추가 시간이 점점 더 늘어나고 있었다.

"사실은 조금만 더, 조금만 더 같이 놀고 싶어요! 라라 씨!"

저 멀리 하와이가 보이자 록기가 온 힘을 다해 뛰었다.

앞서가던 김영이 그라운드 위에서 팀원을 칭찬할 때처럼 엄지를 치켜들어 주었다.

그때 옆에서 함께 뛰고 있던 심판이 록기의 어깨를 툭툭 쳤다.

"우리는 곧 시애틀 공항에 착륙합니다."
"네?"

놀라서 눈을 뜨니 착륙 안내 방송이 들려오고 있었다.

이른 새벽이라 창밖이 깜깜했다.

느긋한 얼굴을 하고 있던 입국 심사 직원은 록기의 여권에 찍힌 지난 하루 동안의 범상치 않은 입출국 기록에 표정이 심각해졌다. 더구나 록기에게 돌아가는 비행기표가 없다는 것을 확인하고부터는 의심의 눈초리를 거두지 않았다.

록기는 그의 입장을 충분히 이해했다. 객관적으로 볼 때 자신은 확실히 수상한 여행객이었다.

"하와이에는 무슨 일로 가나요?"

입국 심사 질문에 '죽기 전에 월드컵 8강전을 보기 위해 간다'는 대답을 할 수 없어 록기는 '주말 사이 지구를 한 바퀴 도는 여행을 하고 있으며 하와이는 마지막 여행지'라고 답했다.

하와이에 며칠 동안 머무르냐는 물음에는 휴가를 길게 내지 않아서 하루 정도 머물고 돌아갈 것이라 대답했다.

그다음에는 "일행이 있습니까?"라는 질문이 날아왔다. 어제 체코에 입국할 때에도 들었던 질문이었다. 그때는 있다고 해야 할지 없다고 해야 할지 고민하다 없다고 말했지만 이번엔 바로 있다고 대답했다. 그 후로도 꽤나 긴장감 넘치는 질문이 계속해서 이어졌다. 간신히 답변하고 나서 지문 등록기에 열 손가락 지문을 다 남긴 뒤에야 겨우 통과할 수 있었다. 아니, 그런 줄 알았다.

"아니, 아니. 미스터 차! 당신은 그쪽 말고 잠시 저쪽으로 가세요."

입국 심사 직원의 손짓을 따라 들어가게 된 세컨더리 룸 안에서는 키가 크고 무서운 인상의 직원이 사뭇 험악한 분위기로 록기를 맞이했다. 무심하게 서 있던 그는 이내 록기에게 여권을 달라고 손을 내밀었다.

그는 눈썹을 들어 올린 채 여권 속 사진과 록기를 몇 번 번갈아 보았다. 그다음에는 조금 전 입국 심사 직원이 했던 질문들을 빠른 속도로 재차 던졌다. 아까보다 좀 더 공포감이 들었다.

"호텔은?", "일행은?", "왜 가는데?", "일행은?", "언제 돌아가?", "호텔은?" 같은 질문을 반복하는 것을 보니 압박을 느끼는 상황에서도 일관된 대답을 하는지 확인하는 듯했다. 다행히 록기의 대답에는 큰 문제가 없었지만 세컨더리 룸의 직원은 록기를 쉽게 놓아주지 않았다.

마침내 질문을 마친 그는 록기에게 잠시 의자에

앉아 있으라고 했지만 록기는 30분이 지나도록 풀려나지 못했다. 각국에서 모인, 누가 봐도 수상한 사람들이 록기의 주변으로 하나둘 끼어 앉았다.

가스웍스 공원에 다녀오려면 빨리 나가야 하는데. 록기는 마음이 급했다.

프라하에서 하와이로 갈 때 들를 수 있는 여러 경유지 중에서 시애틀을 고른 이유는 영화 〈내가 널 사랑할 수 없는 열 가지 이유〉의 주요 촬영지가 여기에 있는 가스웍스 공원이기 때문이었다.

하와이행 비행기를 타려면 아침 10시 전에는 공항으로 돌아와야 하니 다소 무리한 일정이기는 하겠지만 공원에 다녀올 수는 있을 것 같았다. 시애틀 공항에서 가스웍스 공원까지의 예상 소요 시간은 택시로 24분. 오가는 시간을 빼고 나면 공원에서 넉넉잡아 1시간 정도 머무를 수 있으리라는 계산이 나왔다.

크게 바라는 것은 없었다. 영화 속 두 주인공이 마주 앉아 있었던 벤치에 앉아 모닝커피 한잔 정도 마시고 올 생각이었다. 하지만 이런 변수는 예상하지 못했다. 라라는 지금 뭘 하고 있을까. 록기가 서둘러 핸드폰을 꺼냈다.

"잠시만."

록기가 움직이려던 손가락을 멈췄다.

"전화번호를 모르잖아."

동행을 결정한 이후로는 계속 같이 다녔기에 미처 생각하지 못한 부분이었다. 주변을 두리번거려 봤지만 밖에 있는 라라가 록기에게 보일 리 없었다.

초조한 마음으로 1시간을 더 흘려보낸 록기의 표정은 한층 심각해졌다. 가스웍스 공원에 다녀오는 것은 이제 불가능해졌고 이렇게 더 있다가는 하와이행 비행기를 제시간에 탈 수 있을지조차 확신할 수 없게 된 상황이었다. 혼자 남겨져 당황하고 있을 라라가 걱정되었지만 괜히 동행인을 만나게 해 달라고 했다가는 핸드폰 번호도 모르는 사이라는 게 들통나 확실히 수상한 사람으로 몰릴 것이 뻔했다. 그렇게 되면 앞으로 긴 여행을 해야 하는 라라에게까지 불똥이 튈지도 모르는 일이었다.

하와이행 비행기에 탑승해야 할 시간이 점점 다가오고 있었다. 록기가 직원에게 사정을 설명해 봤지만 그는 여전히 무서운 얼굴로 자리에서 기다리고 있으라는 말만 할 뿐이었다. 어쩐지 느낌이 좋지 않았다. 이러다 정말 추방되는 건 아닐까.

그때였다. 록기의 핸드폰이 울렸다. 라라일 리 없겠지만 혹시나 하는 마음에 확인한 화면엔 알림 문구가 떠 있었다.

'⟨호텔 브루노의 부인⟩ 마지막 에피소드가 공개되었습니다!'

그 알림을 록기는 멍하니 바라봤다. 지금 한국의 시간은 월요일 오전 0시 7분. 원래대로 한국에 있었다면 록기는 1시간쯤 전에 죽었을 것이다. '내가 죽고 난 뒤'라니.

록기는 기분이 이상했다. 만일 자신의 죽음에 대해 미리 알지 못했다면 어땠을까. 아마 어떠한 원인으로든 예정된 시간에 갑자기 죽었겠지. 너무나 갑작스러웠던 나머지 드라마의 마지막 회도 8강전도 하와이도 무엇 하나 아쉽지 않았을지 모른다. 역시나 주니의 말처럼 모르는 게 약이었을까.

"자신의 죽음에 대해 미리 아는 것이 더 낫다고 어떻게 확신할 수 있어요?"

록기는 연구소에서 배정받은 첫 죽음들 때문에 힘들어할 때 주니가 해 줬던 말을 떠올렸다. 록기가 담당한 첫 죽음은 다섯 건이었는데 그중에는 3세 남자아이의 죽음이 포함되어 있었다. 어떻게 생겼는지 왜 죽는지 알 수 없었는데도 록기는 그들의 죽음이 다 괴로웠다.

그날 밤, 록기는 평소 잘 꾸지도 않는 꿈을 꾸었
다. 낯모르는 세 살짜리 아이들이 록기를 우르르 찾
아왔다. 아이들의 목소리 뒤로 왜 사전에 알려 주지
않았느냐는 원망 섞인 부모의 울음소리도 들렸다.
그 너머로는 교통사고, 화재 진압 현장 등 사망 사
건이 일어났을 곳에서 나는 소리들이 섞였다.

꿈에서 깬 록기는 다음 날 연구소를 찾아가 주니
에게 그만두고 싶다는 의사를 전달했다. 주니는 놀
라는 반응 없이 록기를 자신의 사무실로 데려갔다.
이런 상황을 겪는 데 익숙한 것 같았다. 새로운 직
원들이 올 때마다 비슷한 일이 생겼을 듯했다.

"한국에서만 평균적으로 하루에 1000명이 죽습
니다. 우린 그걸 막을 수 없어요."

주니의 이야기는 록기가 인턴 과정에서 받았던
교육 내용과 같았다.

"우리가 신도 아니고, 그들의 죽음을 먼저 알게
되었다고 해서 그 죽음을 막을 권한까지 얻은 것
은 아닙니다."

"그럼 우린 이 연구를 왜 하는 거죠? 막을 수도 없
는 죽음을 구경하려고요?"

록기가 물었다. 주니는 차분하게 답했다.

"예측 기술을 어떻게 사용할 것인지는 우리의 영역이 아니잖아요. 우리 일은 죽음 데이터를 기록하고 분석하는 거예요."

"글쎄요."

"죽음은 이 지구상의 모든 생명에게 새겨진 이치예요. 모두가 각자에게 주어진 시간을 살고 죽습니다. 우리도 마찬가지죠. 그러니 그들을 불쌍하게 볼 필요 없어요. 우리에게도 언젠가 일어날 일입니다. 업무가 끝나면 그냥 기억에서 모두 지워 버리세요. 그리고 록기 님의 인생에 부디 집중하세요."

그러고 보니 주니에게는 일하는 동안 이래저래 신세를 많이 졌다. 지금이 사실상 죽은 후의 시간이라 생각하니 '마지막 인사라도 남기고 올걸 그랬나' 하는 생각이 들었다.

보육원의 원장 수녀님께도 오랜만에 안부 전화를 한번 드릴걸 그랬다. 일을 시작하면서부터는 연구소 방침 때문에 쉽게 연락을 드리지 못했다. 수녀님을 떠올리던 록기는 이내 고개를 저었다. 지금 전화를 하면 스스로의 마음은 편해질지 몰라도 얼마 후 소식을 듣게 될 수녀님의 마음은 심란해질 것 같았다. 자신의 죽음이 그저 멀리 살던 낯선 친척의 사망 소식처럼 몇 번 훌쩍이고 넘어갈 수 있는 일이었으면 좋겠다고 생각했다. 고민 끝에 록기는 수녀님에게 평범한 안부 인사를 문자로 보내 두었다.

얼마나 더 그렇게 앉아 있었을까. 드디어 나가도 좋다는 허락이 떨어졌다. 국제적으로 신용 있는 국가의 국민이라는 것이 참작된 듯하니 감사할 따름이었다.

록기가 출소하는 기분으로 문을 열고 밖으로 나왔다. 그 앞을 기웃거리는 사람들 사이에 라라는 없었다. 탑승 시간이 다 되었으니 게이트로 먼저 가 있을까. 그러다 엇갈리면 어떡하지. 잠시 고민되었지만 이제는 정말 시간이 없었다. 라라를 마냥 기다릴 수는 없다고 생각한 록기는 일단 탑승 게이트를 향해 달렸다. 문이 닫히지 않았다면 비행기를 탈 수 있을 것이다.

하지만 달리다 보니 라라를 만나지 못할까 봐 아무래도 걱정이 되었다. 게이트 근처에 다다른 록기는 줄을 서서 안으로 들어가고 있는 사람들을 발견했다. 제발. 제발. 저 앞에 있어라. 속으로 외치며 록기는 달렸다.

그리고 서둘러 움직이는 사람들 사이에서 하얗게 질린 채로 발을 동동거리고 있는 라라가 록기의 눈에 들어왔다.

"라라 씨!" 록기의 외침에 라라가 고개를 돌렸다. 그녀는 록기를 보고는 "와악!" 하고 비명을 지르며 달려왔다.

록기는 자신에게 가까이 다가온 라라를 와락 안고 말았다.

"다행이야."

록기의 마음속에서도 다행이라는 말이 계속해서 이어졌다. 다시 만나서 다행이야. 이제 라라 없이 혼자 하와이에 가는 건 의미가 없다고 록기는 생각했다.

두 사람은 비행기 좌석에 앉자마자 핸드폰에 서로의 번호부터 저장했다.

"미안해. 나 때문에 가스웍스 공원에는 가지도 못했네."

록기는 라라에게 사과했다.

"아냐. 거긴 다음에 가면 돼. 나도 사실 들어올 때 출입국 기록 때문에 이것저것 질문 받기는 했어. 여행자 보험이랑 몇 가지 서류 보여 주고 겨우 통과된 거야. 록기 씨는 어떻게 나왔어?"

"돌아가는 비행기표가 없으니까 잡아 두는 것 같길래 거기서 한국으로 돌아가는 표를 끊었지. 그

랬더니 풀어주던데. 오늘 밤 비행기야. 일요일 밤
에는 출발해야 화요일 출근을 간신히라도 할 수
있을 것 같아. 무단결근이 절대 용납 안 되는 회
사거든."

록기는 월요일 자정이 되기 전에 떠나야 하는 이
유를 지어내 이야기했다.

"무단결근은 원래 어느 회사에서도 용납이 안
돼, 록기 씨."

다행히 록기의 말을 진실로 받아들였는지 라라
가 웃었다.

세컨더리 룸에 앉아 '어디서 어떻게 죽음을 맞이
할 것인가'를 고민한 끝에 록기는 한국으로 돌아가
는 길을 택했다. 영화 주인공처럼 해외의 멋있는 곳
에서 마지막을 맞고 싶었지만 현실적으로는 어려
운 일이라는 결론을 내렸다. 가족도 없는 자신이 외
국에서 사망하면 생각보다 많은 문제가 생기고 꽤
나 민폐를 끼치게 된다는 사실을 알게 되었기 때문
이다. '외국인 시체 이송의 절차'를 검색창에 치는
날이 오다니. 이런 심각한 문제를 안고 있는 자신
과 함께하게 된 라라에게 새삼 미안해졌다. 최대한
좋은 기억을 안겨 주고 조용히 사라져야지. 라라를
다시 만나고 나서 록기는 그렇게 다짐했다.

"일단 이 비행기를 함께 탈 수 있게 됐다는 것에 감사하자."

록기의 말에 라라가 끄덕였다. 두 사람은 가스웍스 공원에 대한 아쉬움을 남긴 채 록기의 마지막 여행지인 하와이로 향했다.

"생각해 보니 왜 호놀룰루에 가는지 묻지 않네?"

록기가 늦어도 한참 늦은 질문을 라라에게 했다.

호놀룰루에서 8강전을 보려는 이유를 말한 적이 없는데 라라는 무슨 생각으로 함께 하와이에 가자는 제안에 응했을까. 록기는 대답을 듣고 싶었지만 라라는 졸음이 가득한 얼굴로 귀찮다는 듯 손을 내저었다.

"록기 씨도 그냥 나 따라와 줬잖아. 프라하까지. 그리고…"

라라는 쏟아지는 잠을 더 이상 참기 어려운 것 같았다.

"꼭 대단한 이유가 있어야 움직이는 삶에 진력이 나 버렸거든."

"한숨 자." 거의 다 감긴 라라의 눈을 보고 록기가 말했다.

"이렇게 졸린 걸 보면 여기가 꿈속은 아닌가 봐."

로으밤 로으밤

라라가 눈을 감은 채로 말했다.

"응."

"하루가 정말 길다. 하긴 계속해서 시간을 거슬러 가고 있으니 그렇게 느낄 수밖에 없네."

라라는 금세 깊은 잠에 빠졌다. 하지만 록기는 아직 잠들 수 없었다. 이 여행의 목표 중 한 가지를 이루게 될 중요한 순간이었다. 록기는 런던 공항 편의점에서 산 싸구려 이어폰을 핸드폰에 연결했다. 〈호텔 브루노의 부인〉 마지막 화를 감상할 차례였다.

최종화에서 드디어 브루노 백작을 죽인 진범이 밝혀졌다. 생각보다 정체가 시시하긴 했지만. 진상을 완벽히 알아낸 브루노 부인은 비로소 그 사건에서 벗어나 자신의 삶을 살아가기 시작했다. 브루노의 부인이 아니라 마리라고 불리게 된 것이다. 그녀는 늘 들고 다니던 부채와 늘 하고 다니던 화려한 금속제 머리 장식을 테이블 위에 두고 집을 나선다. 둘다 너무 커다란 탓에 버거워 보였던 물건들이었다.

이 길었던 드라마도 끝이 나는구나. 대단한 마지막은 아니었지만 '끝'까지 봤다는 것에 기분이 좋아졌다. 곧이어 록기의 눈도 스르르 감겼다.

'PIVOVAR'. 이게 무슨 뜻이었더라. 록기가 간

판을 보며 생각했다.

"'양조장'이잖아."

털북숭이 남자가 맥주잔을 들고 펍 안으로 들어가며 말했다. 아주 능숙한 한국어로. 고개를 들어 올리니 간판 위로 보이는 장소가 익숙했다. 코젤 탐정 사무소였다.

펍 앞의 골목은 점점 어둑해지고 있었다. 행인들 중 누구도 핸드폰을 보고 있지 않았다. 안에서 비둘기가 나올 것 같은 모자를 쓴 남자와 코르셋을 잔뜩 조인 티가 나는 여자가 팔짱을 끼고 걸어갔다. 19세기 말 사람들. 여기는 프라하가 아니었다. 〈호텔 브루노의 부인〉 속이었다.

"들어와. 너 여기 흑맥주 한번 먹어 보고 싶었던 거 아니야?"

아까 만난 털북숭이 남자는 펍 직원이었던 모양인지 엄지로 안쪽을 가리키며 록기를 불렀다. 록기가 삐걱하고 소리가 나는 나무문을 열자 웅성웅성 정도였던 사람들의 소리가 와글와글로 바뀌었다. 이윽고 시끄러운 손님들 사이에서 홀로 침묵하는 한 남자, 바 테이블에 앉아서 흑맥주를 마시고 있는 탐정 코젤이 록기의 눈에 들어왔다.

"앉아요."

로으밤 로으밤

코젤이 옆자리에 놓여 있던 자신의 모자를 치우며 말했다. 록기가 얼른 그의 옆으로 가서 앉았다.

"이 가게 안에선 그나마 이 자리가 제일 조용할 거예요. 오늘 드라마가 끝나서 다들 낮부터 술을 마시기 시작했거든요."

"아. 네."

록기는 고개를 끄덕였다. 바로 옆에 코젤이 있다는 것이 신기해 한참을 바라봤다. 코젤은 몇 모금 마시지도 않은 맥주를 앞에 놓은 채로 울적한 표정을 짓고 있었다.

"우울한가요? 드라마가 끝나서?"

록기가 물었다.

"아. 그렇지 않아요. 드라마가 끝나도 나는 계속 살아가니까 그건 뭐 크게 동요할 만한 일은 아니에요."

시청자들에게 보여 주지 않을 뿐, 등장인물들의 삶은 이어지는구나. 록기는 생각했다.

"그럼 왜 괴로운 표정을 짓고 있나요?"

"저도 궁금해요. 기분이 좋지 않은데 원인을 모르겠네요."

"언제부터 기분이 좋지 않았는데요?"

"아마도 오늘 낮? 아침까지는 좋았던 것 같아요."

"오늘 낮이라면?"

"아…. 아마도 저기 저 경찰이 내 사무실로 찾아
와 오늘은 1층에서 다 같이 술을 마시기로 했으
니 내려오라고 이야기할 때쯤이었나?"

펍의 한구석에서 코가 삐뚤어지게 술을 먹고 있
는 경찰관을 가리키고는 코젤이 수염 아래 입술을
쭉 내밀며 한쪽 눈썹을 들어 올렸다. 뭔가를 고민할
때면 짓는 특유의 표정이었다.

"저 경찰이 드라마 속에서는 당신이 하는 일을
전부 방해하던 사람이잖아요. 사이가 무척 안 좋
았는데 갑자기 친근하게 구는 게 싫었나요?"

"아뇨. 전 대부분의 사람들을 좋아하지도 싫어
하지도 않습니다. 탐정인걸요."

"그럼 이유가 뭘까요."

록기가 고민하는 사이, 펍 직원이 록기 앞에 흑맥
주를 가져다 놓고는 사라졌다. 꿈에서라도 꼭 먹어
보고 싶었던 맥주였다. 설레는 마음으로 한 모금을
마셨는데 아쉽게도 꿈이라 그런지 아무 맛도 나지
않았다.

"이 맥주 맛있어요?"

"죽여주죠. 원래는. 그런데 오늘은 그냥 그렇습
니다."

로으밤 로으밤

코젤은 아까보다 더 가라앉은 목소리로 말했다.

"그렇다면 맥주 맛이 달라져서 우울해진 거 아닐까요? 몇 모금 마시지도 않았네요."

"그것도 아닐 겁니다. 이게 세 잔째니까요."

록기는 가만히 코젤을 바라봤다. 코젤은 항상 행복한 표정으로 이곳에 앉아 맥주를 마셨다. 평소의 상황과 지금의 차이가 대체 뭘까. 정답을 꼭 맞히고 싶었다.

"아. 그리고 보니 브루노 부인은, 아니 마리는 어디 갔어요?"

"그녀는 여행을 떠났어요. 드라마가 끝나고 나서 친구와 함께 떠났는데 언제 돌아올지는 모르겠다고 하더군요."

"직접 들은 이야기인가요?"

"아까 낮에 저 경찰이 말해 줬지요."

"그거네요."

코젤이 고개를 돌려 록기를 바라보았다.

"마리를 좋아하는 거죠?"

"흥미롭네요."

코젤은 당황했을 때의 대사를 쳤다.

"여기서 맥주를 마시는 건 항상 '마리를 기다리기 위해서'였잖아요. 더는 마리가 와 주지 않는다는 것이 평소와 달라진 점이에요."

"지난 몇 년 동안 그 부인이 없다고 해서 슬펐던 적이 없었는데."

"좋아하는 사람이 된 거겠죠, 이제."

"난 누군가를 좋아하지도 싫어하지도 않습니다."

"예전처럼 마리와 흑맥주를 같이 먹고 싶다는 생각은 하고 있잖아요. 연락이 되지 않아 걱정되고 뭐 하는지 궁금하고. 그게 좋아하는 마음 아닌가요? 실제로 오랫동안 별생각 없었을 수도 있지만 상대방한테 빠지는 건 아주 짧은 순간에도 가능하잖아요. 보통 드라마에선 그렇던데. 두 주인공이 눈을 마주치는 시간이 길어지거나 시간이 느려지는 편집 기법이 나오면 서로를 좋아하게 된 것이더라고요."

코젤은 잠시 생각하더니 자신의 감정을 깨달았다는 듯 이내 눈살을 찌푸렸다.

"그렇네요. 난 왜 몰랐죠? 탐정 맞아?"

"사건 현장에서는 시체 수염에 묻은 맥주 거품 속 독까지 알아차리는 탐정도 눈치채지 못하는 게 있네요."

"그녀를 만나러 가야겠어요."

코젤이 자신의 맥주잔을 들어 록기의 잔에 가볍게 부딪치고는 일어섰다.

"록기. 탐정 해도 되겠네요. 여기서 같이 흑맥주 먹고 싶은 사람이 당신한테도 있는 것 같은데 언제든 데려와요. 술값은 내 앞으로 달아 놓고요. 난 시간이 없어서 이만."

코젤이 떠난 뒤 록기는 홀로 맥주를 마시다 깨달았다.

"흥미롭네요."

불과 몇 시간 뒤면 죽게 될 이 시점에 라라를 좋아하게 됐다는 사실을.

호놀룰루 HONOLULU
죽음-7시간, PM 4:10 (GMT-10)

제주에서 본 것보다 두 배 정도 커 보이는 야자수가 길 한편으로 기다랗게 서 있는 걸 보고서야 록기는 하와이에 왔다는 실감이 들었다. 쨍한 파란색의 하늘이 구름도 없이 펼쳐져 있었다.

"진짜 하와이네."

록기가 얼떨떨한 표정으로 말했다. 하와이야말로 록기의 목적지였지만 정말 도착하게 될 줄은 몰랐다.

하와이에 도착하면 최대한 즐거운 시간을 보내겠다고 마음속으로 다짐하고 또 다짐했는데 막상 도착을 하고 보니 어디서 어떻게 시간을 보내야 할지 머릿속이 복잡해졌다. 끝이 얼마 남지 않았다. 그 사실을 대범하게 받아들이기엔 록기는 너무 나약한 인간이었다.

록기의 마음을 알 리 없는 라라는 렌터카 업체에서 받은 차 키를 흔들며 빠르게 달려왔다.

"출발하자! 지금부터는 어디든 갈 수 있어!"

라라가 빌린 차는 앞 범퍼가 반쯤 찌그러진 꼬질꼬질한 빨간색 지프차였다. 렌터카 업체에 예약도 하지 않고 대뜸 찾아갔더니 바로 빌릴 수 있는 차가 이것밖에 없었다고 했다. 딱 봐도 연식이 좀 오래된 듯했다. 그런데도 라라는 설레는 표정을 숨기지 못했다.

장기간 여행을 앞두고 혹시 몰라 따 놓았다는 국제 면허증이 생각보다 일찍 빛을 발하게 된 것에 신이 난 모양이었다. 록기는 복잡한 마음을 들키지 않으려 최대한 노력하며 조수석에 올라탔다.

라라는 평소엔 대중교통을 이용해서 운전할 일이 딱히 없었는데 여행을 준비하면서 오랜만에 운전 연수를 받았다고 했다.

"사실 취업할 때 이력서에 한 줄이라도 더 넣으려고 딴 거라 그냥 장롱면허였는데. 그래도 배워두니까 좋네!"

라라가 운전을 시작했을 때 록기는 혹시 자신의 죽음이 라라의 운전과 관련이 있을까 하는 생각을 잠시 했지만 라라는 금세 안정적으로 차를 몰았다.

차 안으로 하와이의 바람이 들어왔다. 카 오디오에선 신나는 음악 소리가 흘러나왔다. 빨간 지프차가 언덕을 넘어서자 끝없이 넓은 파란 바다가 나타났다.

하와이의 해변에 있는 것들은 자연도 간판도 사람들 옷차림도 다 알록달록했다. 이곳의 사람들은 다들 느리게 걸었다. 여유. 그들에게는 여유가 있었다. 아무도 불행해 보이지 않았다.

'그래. 나와는 상황이 다르니까.'

록기는 그런 생각을 하는 스스로가 싫었다. 부정적인 기분에 휩싸인 채로 시간을 허비하고 싶지 않았다. 남은 인생을 좀 더 재밌게, 잘 보내고 싶었다.

"잠깐 앉아서 구경할까? 곧 해가 질 테니까 록기 씨가 이 파란 바다를 볼 수 있는 시간이 얼마 안 남았어."

라라가 모래사장에 털썩 앉으며 말했다.

"잠시만."

록기는 달리 하고 싶은 일이 있었다.

어디 가. 라라의 질문에 답하지 않은 채 록기는 모래사장 위를 서벅서벅 걸어 나갔다. 바닷물에 가까워질수록 록기의 발이 빨라졌다.

록기는 예전에 그런 생각을 한 적이 있었다. 나이가 드는 것의 몇 안 되는 장점 중 하나는 호불호가 분명해지는 것이라고. 해 보고 싶은 일과 그렇지 않은 일이 무엇인지 확실히 판단하면 더 효율적인 인생을 살 수 있으니까. 록기는 자신이 좋아하는 것과 싫어하는 것을 나름 뚜렷하게 구분하는 인생을 살고 있었다.

예를 들자면 바다에 뛰어드는 것은 기분을 전환할 목적으로 하기엔 아주 효율적이지 못한 일이라고 생각했다. 뛰어드는 순간에는 즐거울지 몰라도 그 직후에 바로 불쾌해진다고. 바닷물은 짜고 끈적여서 딱 질색인 데다 몸이 축축하게 젖는 느낌이며 급격히 떨어지는 체온이며 뭐 하나 좋을 게 없었다.

하지만 사람의 기호는 순식간에 뒤집힐 수 있다. 어떠한 사건이나 사람에 의해.

요즘 같은 시대에는 자연 속으로 뛰어드는 것보

다 더 확실한 해방이 없다는 라라의 말을 떠올리며 록기는 하와이 바다에 풍덩 뛰어들었다. 부족한 수영 실력도, 갈아입을 옷이 없다는 사실도, 몇 시간 뒤에 찾아올 죽음도 머릿속에서 다 치워 버렸다.

차가운 물 속에 몸 전체를 담갔다가 고개를 드니 근심까지 말끔히 씻겨 내려간 듯한 느낌이 들었다. 록기는 여전히 물속에 머문 채로 해변가에 서서 놀란 얼굴로 자신을 보고 있는 라라에게 손짓했다. "들어와!" 라라는 잠시 망설이더니 이내 바닷속으로 뛰어들었다.

바다에서 나와 수돗가 샤워기로 몸을 대충 씻어 낸 두 사람은 물에 빠진 생쥐 꼴을 하고 해변 상점가로 향했다. 그리고 우스꽝스러운 옷들을 서로에게 골라 주었다.

"이거 어때?"

록기가 아코디언이 그려진 노란색 셔츠를 라라에게 건넸다.

"이건 좀. 짧고 비쌌던 아코디언 공연이 떠오르는데?"

이번엔 라라가 파인애플이 잔뜩 그려진 분홍색 셔츠를 록기의 몸에 가져다 댔다. 록기는 그 셔츠에

원숭이가 그려진 하늘색 바지를 받쳐 입고 거울 앞에 섰다. 신고 있는 조리 또한 아까 근처 가게에서 산 것이었다. 짧게 잘린 머리는 들쭉날쭉했고 하루 사이에 자란 수염은 얼굴 위를 거무튀튀하게 덮고 있었다. 거울 속 자신의 모습을 록기는 가만히 바라봤다. 처음 보는 사람 같았다.

록기의 옆에는 그가 골라 준 노란색 셔츠를 입은 라라가 서 있었다. 두 사람은 거울을 보며 하하하 소리 내어 웃었다.

8강 경기 시간이 다가오자 두 사람은 마침 눈에 들어온 와이키키 해변 구석의 식당에 자리를 잡았다. 라라가 잠시 화장실에 간 사이 록기는 바닷가를 구경했다. 풍경은 평온했고 사람들은 즐거워 보였다.

그때 불현듯 심장 부근이 찌릿하더니 곧 뻐근한 통증이 느껴졌다. 록기가 놀라 가슴을 부여잡았다.

"잠시만. 지금 몇 시지?" 시간을 확인해 보니 아직은 때가 아니었다. '혹시 징조인가?' 그러고 보니 록기는 죽기 전의 시간을 어떻게 보낼지만 생각했지 어떻게 죽게 될지에 대해서는 미처 생각해 보지 못했다.

죽음이 갑자기 찾아온다고 해서 그 전에 아무 일

도 일어나지 않는다는 보장은 없었다. 지금 쓰러져서 의식을 잃었다가 예정된 시간에 죽을 수도 있는 것이다.

록기가 벌떡 자리에서 일어났다. 가만있자. 이렇게 여기 마냥 앉아 있어도 되는 건가.

"왜 그러고 서 있어?"

자리로 돌아온 라라가 어정쩡하게 서 있는 록기에게 물었다.

"아. 아니. 그게 아니라…"

"뭐야. 더워? 뭐 마실래, 커피?"

록기가 얼결에 고개를 끄덕이자 라라는 카운터로 향했다.

록기는 컵 안에 든 얼음을 괜히 빨대로 이리저리 굴렸다.

"왜 그래? 록기 씨 커피도 맛이 없어?"

"응? 무슨 소리야. 맛이 없다니?"

록기의 물음에 라라가 턱 끝으로 카운터를 가리켰다. 식당 한편이 난동을 피우는 손님 때문에 시끄러웠다. 커피가 맛이 없다며 픽업 테이블에 다 쏟아 버린 것이다. 어린 직원은 당황한 표정으로

서 있었다. 급기야 그 손님은 테이블 앞으로 컵을 집어 던지더니 온갖 욕을 내뱉기 시작했다. 어린 직원이 주방으로 들어가고 다른 직원들이 손님을 끌고 나가면서 상황이 겨우 일단락된 것 같았다.

"자기보다 조금만 약해 보이면 함부로 구는 사람들 정말 싫어. 저렇게 죄를 쌓다간 지옥에 가는 최후를 맞이하게 될걸."

라라가 커피를 마시며 고개를 저었다.

지옥. 정말 지옥이 있을까. 록기는 문득 궁금증이 일었다.

"사후 세계가 있다고 믿어?"

록기의 질문에 그것참 좋은 화제라는 듯 라라가 씩 웃어 보였다. 하기야 공상 중독자에게 죽음 이후만큼 흥미로운 주제가 또 있을까? 록기는 라라가 생각하는 사후 세계가 궁금해졌다.

"둘 중 하나지. 없거나 있거나. 사후 세계가 없다는 사람은 인간의 영혼과 신체가 분리되지 않는다고 보는 거야. 인간은 수많은 세포로 이루어져 있잖아? 심지어 사고를 담당하는 뇌까지. 죽고 나면 뇌세포도 기능을 못 할 텐데 새로운 세계에서 사고를 할 수 있다는 생각은 이상하다는 거야."

"그렇네."

"사후 세계가 존재한다고 보는 사람도 많아. 물론 나는 이쪽에 속하지. 웬만한 종교의 사후 세계에는 좋은 곳과 안 좋은 곳이 있어. 그래서 죽고 난 다음 좋은 곳에 가려고 노력하는 사람이 많은 거잖아. 오랫동안 그곳에 머물러야 할지도 모르니까. 그런 생각을 담은 영화, 그림, 경전이 많은데 안 좋은 쪽의 사후 세계는 하나같이 견딜 만한 곳이 아니었어."

"죽고 나서 좋은 곳에 가려고 하는 노력이라면…"

"쓰레기도 좀 줍고 남도 돕고 그러는 거 말이야. 착한 일."

"그런 일을 어느 정도나 해야 하는데?"

록기가 물었다.

"정확한 기준은 모르지. 그러니 인간은 착한 일을 하면서도 불안해할 수밖에 없어. 그래서 내가 불안을 덜 방법을 생각해 봤거든."

라라가 사뭇 진지한 표정을 지었다. 록기도 심각한 표정으로 이어질 말을 기다렸다.

"어쨌든 간에 기준이라는 게 존재할 거 아니야. 착한 놈과 나쁜 놈을 나누는. 기준을 너무 높이 잡았다가는 인류 전체가 지옥에 갈 수도 있으니 중간쯤에서 나눌 거야. 그러니까 좋은 곳에 가려면 중간 이상이 되어야 하는 거지. 나는 매일 생각해. 오늘 본 사람들 중에 내가 몇 번째로 착할까. 늘 선하지는 않아도 좋으니까 중간 이상만 하자."

"오늘은 몇 번째쯤 되겠어? 좋은 데 갈 수 있을 거 같아?"

"아까 그 분노 조절 못 하던 성격 파탄자보다는 확실히 위지. 근데….”

라라가 고개를 갸웃거리며 록기를 봤다.

"록기 씨보다는 어떨지 모르겠네. 할머니한테 표를 양보했잖아."

"그건, 푸자가 더 급했으니까. 덕분에 나한테는 여행 메이트가 생겼으니 결과적으로 더 좋은데?"

그 말이 기뻤는지 라라가 어깨를 으쓱했다.

"어쨌든 난 오늘 아슬아슬해. 좋은 일을 하나 해서 록기 씨보다 위로 올라가든가 해야지."

"안 돼. 그럼 내가 지옥에 가는 거잖아. 하루만 좀 봐줘."

장난스러운 말에 라라가 웃자 록기는 한쪽 눈을 찡그린 채로 미소 지으며 말했다. "이쪽은 심각하다고.”

얼마 지나지 않아 드디어 8강전이 시작되었다.

로으밤 로으밤

식당 한쪽 벽면을 차지한 TV 화면에 한국과 브라질 대표 팀의 선수들이 나왔다. 느긋한 휴양지에 어울리는 노래가 흘러나오는 식당에서는 사람들이 TV가 아닌 해변 쪽을 바라보며 여유롭게 식사를 하고 있었다. 가끔 화면 속 관중들의 함성 소리가 커질 때만 한 번씩 경기 장면을 볼 뿐이었다. 다들 브라질 사람도 한국 사람도, 하다못해 축구 팬도 아닌 모양이었다.

록기와 라라는 너무 긴장하는 바람에 식사에는 손도 대지 못한 채 맥주로만 목을 축이며 경기를 관람했다. 어느 팀도 골을 넣지 못한 전반전이 끝나고 나서야 둘은 꽉 쥐고 있던 주먹에서 힘을 풀고 겨우 음식을 입에 넣을 수 있었다.

"그래도 선방했다. 우승 후보랑 붙었는데도 밀리는 것 같지 않아. 비등비등해!"

록기가 흥분하며 말하자 라라도 격하게 고개를 끄덕였다. 두 사람은 기대감을 품고 후반전을 지켜보았지만 골은 쉽게 터지지 않았고 몇 번의 큰 고비가 지나갔다.

후반전이 5분쯤 남았을 때부터 록기는 수시로 시간을 확인했다. 어제처럼 연장전에 승부차기까지 간다면 경기가 끝난 뒤 자신에게 남은 시간은 더 줄어들게 될 것이다.

어쩐지 가슴이 점점 뻐근해지는 듯했다. 역시나 심장 마비인가. 사실은 치명적인 지병이 있었는데 그동안 몰랐던 탓에 이렇게 된 건가 하는 생각도 들었다. 이러다 쓰러지기라도 하면 월드컵 때문에 너무 긴장한 나머지 급사한 남자가 되어 라라에게 평생 트라우마로 남을 것만 같아 심란해졌다. 그때였다. 승패를 가를 골이 골네트를 흔들었다. 식당의 모든 사람들이 TV를 바라보았다.

록기가 바랐던 대로 대한민국 대표 팀은 4강에 오르지 못했다. 이제 록기는 계획했던 목표를 다 이루었다. 더없이 후련해지거나 만족스러워질 줄 알았는데 예상했던 것과는 다른 기분이 들었다.

록기와 라라는 식당에서 나와 해안선을 따라 걸었다.

바로 옆 도로에서 차 한 대가 빠르게 달려오자 록기는 혹시 교통사고가 나는 건가 싶어 라라를 잡아끌며 길 가장자리로 급히 피했다. 라라는 조금 전부터 눈에 띄게 초조해하는 록기에게 물었다.

"도대체 왜 그래. 무슨 일 있어?"

콰광. 그 순간 마른하늘에서 천둥소리가 들려왔

다. 놀라서 주저앉은 록기가 자신을 향해 다가오는 라라에게 멈추라 손짓했다.

"혹시 모르니까 떨어져서 걷자. 어쩌면 내가 벼락을 맞을 수도 있잖아."

"무슨 소리를 하는 거야."

라라가 어이없어하며 웃었다.

록기는 천둥이 잦아들고 나서야 비로소 조금 진정했지만 여전히 불안한 표정을 짓고 있었다.

"록기 씨는 곧 돌아가야겠네." 라라가 말했다.

"맞아."

라라는 록기를 공항에 데려다주지 못하게 되었다며 아쉬워했다.

"아니야. 라라 씨는 앞으로도 재미있는 여행을 해야지."

앞서가던 록기가 걸음을 멈춰 라라 쪽으로 돌아섰다. 무슨 말이든 하고 싶은데 할 수 있는 말이 딱히 없었다. 좋아한다는 말도 곧 죽는다는 말도 입 밖으로 내선 안 되는 고백이었다.

"우리가 만난 지… 이제,"

라라가 날짜와 시간을 확인했다.

"이틀쯤 됐을까. 런던행 비행기에서 만났을 때부터 따져 보자면."

록기가 말을 받았다.

"와. 런던 공항에서 만났던 건 지금 돌아보면 작년 일 같은데?"

라라가 새삼스레 감탄했다.

"그러게."

"되게 오랜만이다. 어제가 그리운 건."

아쉬움이 묻은 라라의 말이 록기에게는 그나마 위로가 되었다. 라라에게도 록기와 함께 보낸 시간이 즐거운 추억이 됐다는 이야기로 들려서.

"다음엔 어디로 갈지 정했어?"

"아니. 근데 아무 곳이나 상관없겠다는 생각이 들어. 하루 만에 지구를 한 바퀴 가까이 돌아서 여기 왔는데 어디든 못 가겠어?"

라라가 하와이 바다를 향해 서서 기지개를 켰다.

"그러네."

록기가 끄덕였다.

"록기 씨는 서울 가면 수영부터 배워. 아까 진짜 못하더라."

라라의 말에 록기는 다시 웃을 수 있었다. 이렇게 밝은 얼굴로 작별 인사를 하고 있다는 것이 다행스러웠다. 라라의 기억 속에서 자신은 문득 떠올리면 피식 웃게 되는 사람으로 남을 수 있을까. 록기는 10년 뒤의 라라, 20년 뒤의 라라가 보낼 하루를 상상했다. '상상력도 옮는 건가. 어쩐지 라라 씨도 혼잣말이 는 것 같더라니.' 하루 사이에 서로에게 물들어 버렸다고 생각하니 이런 상황에도 웃음이 나왔다.

"있잖아…."

록기는 마지막으로 라라에게 마음을 살짝 전하고 싶었다.

죽음이 닥쳐오기까지 2시간도 채 남지 않은 시점에 록기는 하와이 공항에서 인천행 비행기표를 들고 탑승을 기다리며 서성이는 중이었다.

하와이까지 가기는 그렇게 힘들었는데 한국으로 돌아가는 직항 비행기표는 정말 쉽게 구할 수 있었다. 떠나는 길은 돌아오는 길보다 어렵고 불안하고 멀게만 느껴지는 법이구나 싶었다. 그렇다고 해서 떠나는 길이 마냥 나쁘지만은 않다. 설렘과 기대와 호기심이 함께하니까. 돌아오는 길은 상대적으로 수월하고 편안하지만 미련이 남을 수밖에 없다.

한국으로 돌아가는 비행기의 탑승장 근처라 주변에서 한국말이 들려왔다.

"아. 진짜 회사 가기 싫다. 언제 이렇게 시간이 갔지."

"그러게. 우리 결혼식이 벌써 일주일 전이야?"

여행이 너무 일찍 끝나 버렸다고 말하는 사람들의 얼굴에는 아쉬움이 가득했다. 그들과 조금 떨어진 곳에서 록기는 다른 의미의 아쉬움을 느끼고 있었다.

"있잖아…."

라라에게는 결국 그다음 말을 하지 못했다. 세상에서 제일 찌질한 남자가 된 것 같아 고개가 절로 수그러졌다.

록기는 핸드폰을 꺼내 마지막으로 라라에게 보낼 문자를 작성했다. '나와 함께 여행해 줘서 고마워. 앞으로 기나긴 여정을 보내게 될 라라 씨를 응원할게! 아무쪼록 재미있는 여행이 되길. 언젠가 꼭 다시 만나면 좋겠다.' 몇 번이고 썼다 지우기를 반복했지만 끝내 한 마디도 보내지 못했다. 이제는 다 의미 없는 말들이었다.

콕콕- 그때 누군가 록기의 무릎을 찔렀다. 다섯 살 남짓 되어 보이는 작은 남자아이였다.

로으밤 로으밤

"가위바위보. 가위바위보."

아이가 록기에게 작은 손을 내밀며 말했다.

"한국에서 왔어?"

아이는 록기의 질문에 대답하지 않고 록기를 빤히 보기만 했다.

"엄마 아빠는?"

"엄마 좋아해. 아빠 좋아해."

아이가 머리 위로 하트를 그리며 말했다.

록기는 자리에서 일어나 주변을 살폈지만 아이의 부모로 보이는 사람은 없었다. 아이의 손을 잡고서 엄마랑 아빠를 찾으러 가자고 했다. 다행히 아이는 울지 않았다. 오히려 뭐가 그렇게 신나는지 점프를 했다가 발 차기를 했다가 록기에게 매달리느라 바빴다.

록기는 탑승 게이트 앞에 서 있는 항공사 직원을 찾아가 상황을 설명했다.

직원이 방송으로 아이의 부모를 찾는 동안, 록기는 아이와 함께 의자에 앉아서 기다렸다. 가위바위보를 열다섯 판쯤 했을 때 아이의 엄마가 하얗게 질린 얼굴로 달려왔다. 잠시 짐을 챙기는 사이에 아이가 사라졌다며 록기에게 고맙다고 몇 번이나 고개를 숙여 인사했다. 워낙 잘 튀어 나가는 아이라 멀리 갔을 거라 생각해 주변부터 꼼꼼히 살펴보지 못한 것이 문제였다고 했다. 한참 떨어져 있는 면세점까지 다녀온 아이의 아빠도 곧 도착했다.

애간장이 탔을 부모의 마음을 아는지 모르는지 아이는 연신 부모에게 하트를 날렸다.

"저기 형아한테 하트 해 줘. 감사합니다, 하고."

아빠의 말에 아이는 록기를 향해 "좋아해."라며 손으로 하트를 만들어 보였다. 록기가 "고마워." 하고 손을 흔들었다. 아이의 하트 세례는 계속해서 이어졌다. 아이가 건네준 작은 하트가 록기에게 하나씩 쌓여 괴로운 시간을 버틸 수 있는 힘을 주는 것 같았다. 록기는 탑승구로 향하는 사람들과는 반대 방향으로 이동해 여객 터미널 한구석에서 핸드폰을 꺼냈다.

– 여보세요?

라라의 목소리가 들려왔다.

"라라 씨. 나야."

록기는 긴장이 되어 주먹을 꼭 쥐었다.

"있잖아. 놀라지 말고 들어."

록기가 살짝 떨리는 목소리로 말했다.

로으밤 로으밤

- 놀라다니? 무슨 일 있어?

"좋아해."

- 뭐?

"말하고 싶었어."

좋아하는 마음을 받는다는 건 힘이 나는 일이니까.

약한 편의 승리를 좋아하는 라라 씨를, 혼잣말에 대답을 해 주는 라라 씨를, 작은 행복으로 큰 불행을 잊을 수 있는 라라 씨를. 단 하루 만에. 지구를 거의 한 바퀴 돌아 19시간의 시차를 거슬러 가는 동안에.

"좋아하게 됐어."

록기의 고백에 잠시 정적이 이어지더니

- 뭐야. 갑자기.

라라의 웃음기 섞인 목소리가 들려왔다. 환하게 미소 짓는 그녀의 모습이 록기의 눈앞에 보이는 것 같았다.

- 한국에 조심해서 가. 귀국하면 연락해!

라라가 말했다.

"그게…"

록기는 눈을 질끈 감았다.

"실은 내가 그때까지 못 살 것 같아."
- 뭐? 그게 무슨 소리야?

"아, 아니. 사람 일은 모르는 거니까. 어쨌든 지금은 우선 이 말을 해 주고 싶었어. 잘 다녀와, 여행. 건강하게."

록기는 그렇게 또 어설픈 말로 대화를 마쳤다.

늦은 밤이라 그런지 공항 밖은 횅했다. 공항 입구에서 몇몇 택시 기사가 록기에게 손짓했지만 록기는 그저 묵묵히 걸었다. 까만 하늘 위로 인천행 비행기가 날아올랐다. 록기는 차마 저 비행기에 탈 수 없었다. 아무리 생각해도 그 귀여운 아이가 있는 곳에서 죽을 수는 없는 노릇이었다. 그런 짓을 했다간 아마 오늘 죽는 사람들 중에서 선행 점수 꼴등을 기록해 지옥에 가게 될 것이다.

이제 남은 시간은 13분. 록기는 무작정 거리를 걸었다. 길 위에서 죽게 되다니. 죽는 날짜와 시간은 진작 알고 있었는데 뭐 하다가 이렇게 대책 없이 죽음을 맞이하게 되었지. 록기는 한탄했다.

그때 핸드폰이 울렸다.

'그동안 〈호텔 브루노의 부인〉을 사랑해 주신 시청자분들께 감사드립니다. 여러분의 성원에 힘입어 〈호텔 브루노의 부인〉의 스핀오프 드라마 〈마리

앤 코젤 탐정 사무소〉의 제작이 확정되었습니다.
많은 기대 부탁드립니다.'

그 공지 사항을 보고 록기는 멈춰 섰다.

"재밌겠다."

고개를 들어 올리자 끝내주는 하와이의 밤하늘
이 시야를 가득 채웠다. 별들이 머리 위로 쏟아질
것 같았다. 록기는 마지막 밤하늘을 찬찬히 바라보
았다. 잠시 깜박이는 순간조차 아쉬워 눈에 힘을 주
고서. 다음 날 아침의 하늘을 록기는 보지 못한다.
놓쳐 버린 일을 다시 시도할 기회는 더 이상 주어지
지 않는다. 앞으로 어떤 일이 일어날지도 알 수 없
게 된다. 프라하의 펍에서 결국 먹지 못했던 흑맥주
는 무슨 맛이었을까. 라라는 앞으로 어떤 여행지에
서 무슨 일을 겪게 될까. 4년 뒤, 8년 뒤 월드컵 경기
의 결과는 어떨까. 언젠가 대한민국 대표 팀이 월드
컵 우승을 하는 날이 올까.

"젠장."

지난 하루가 록기의 머릿속에서 빠르게 스쳐 지
나갔다. 표정은 무심하지만 친절했던 히스로 공항
의 직원, 지금쯤 남편과 마지막 추억을 나누고 있
을 푸자, 10유로를 빼앗았을지언정 연주만은 대단

했던 아코디언 할아버지, 쓸데없이 로맨틱했던 가방 도둑, 그리고 라라. 라라가 떠올랐다.

가족도 가까운 친구도 없이 살아왔지만 되짚어보면 꽤 많은 사람들과 어울려 지냈다. 군대에서 행군하다 넘어졌을 때 부축해 줬던 동기의 얼굴이 문득 생각났다. 아주 짧은 연애였지만 첫사랑 상대와 캠퍼스에서 처음 손을 잡았던 날의 커다란 심장 소리도 기억이 났다. 고등학교 친구들과 함께 달렸던 운동장의 먼지 냄새도, 어렸을 적 무서운 꿈을 꾸는 날이면 찾아갔던 수녀님의 품도 떠올랐다. 그동안 록기는 많은 것들을 아끼고 사랑했다.

죽기 전엔 지난 인생이 파노라마처럼 스쳐 간다더니 이제 정말 죽음이 코앞이구나.

조금씩 정신이 아득해지기 시작했다. 곧 죽는다. 주변의 소리가 멀어지는 가운데 언제 멈출지 모를 심장 소리만 쿵쿵 커져 갔다.

4초, 3초, 2초, 1초….

눈을 질끈 감자 고여 있던 눈물이 후드득 떨어졌다. 끝나지 않았으면. 끝나지 않았으면. 마지막에 이르니 머릿속에는 온통 그 생각뿐이었다. 하지만 모든 것에는 끝이 있다. 곧 록기의 인생도 끝난다.

끝이 나야 할 텐데… 왜, 다시금 도로 위의 차들

이 달리는 소리가 들리고 피부를 스치는 바람이 느껴질까. 이상하다는 생각이 들었을 때쯤이었다.

빠앙! 커다란 클랙슨 소리에 록기가 눈을 떴다.

"조심해! 죽고 싶어?"

운전자의 호통을 들은 록기가 얼른 인도로 비켜섰다.

"뭐야?"

록기는 살아 있었다. 핸드폰을 확인해 보니 이미 예정된 '때'는 지났다. 그리고 주니에게서 문자 메시지가 와 있었다.

- 록기 님. 휴가 중이시라 고민했지만 그래도 금요일에 남겨 두셨던 채팅이 마음에 걸려서 퇴근하고 연락드려요. 지난 주말 데이터 내용에 문제가 있었어요. 이런 경우는 처음이라 해결하는 데 시간이 좀 오래 걸렸네요. 프로그램은 복구되었으니 내일 출근하셔서 주말 데이터를 새로 받아주세요.

록기는 주니의 메시지를 멍하니, 정말 멍하니 한참을 바라봤다. 그러다 주저앉았다. 데이터가 잘못되었다. 여전히 록기는 살아 있다. 언제 죽을지 모를 인생을 이제부터 다시 살아갈 수 있다.

"와아아아!"

록기는 환호성을 지르며 펄쩍펄쩍 뛰었다. 그러고는 핸드폰을 꺼내 통화 목록 가장 위에 떠 있는 '라라 씨'를 눌렀다.

"어디야? 지금 내가 갈게!"

사랑은
하트 모양이
아니야

　　　　　　　　　　　*

"분홍색?"

- 응. 작고 동그래.

"보통 그렇지. 뭐 적혀 있는 거 없어? 숫자나 알
파벳 같은 거."

- 알파벳이 두 개 적혀 있는데 D하고… D? P? P
인가? 닳아서 잘 안 보이네.

"아… 그거."

잠깐. 세린이 망설였다.

"그건 그냥 소화제야."

연주의 남편은 어쩌다 그걸 먹기 시작했을까.

- 소화제라고? 그럴 리가. 우리 남편은 장이 일
직선인가 싶을 정도로 소화에 문제가 없는 사람

인데?

"위염인가."

급한 마음에 둘러대긴 했지만 아무리 연주가 의약품에 대한 지식이 부족하기로서니 너무 되는대로 말했다. 세린은 바로 후회했다.

─ 몇 달 전부터 먹는 거 같더라니까? 무슨 소화제를 그렇게 장복하니?

"내가 어떻게 알아. 요새 신경 쓰는 일이 많은가 보지."

─ 너 믿어도 되는 거야?

"물어봐서 대답해 줬는데 뭘 더 바라는 거야? 그리고 누누이 말하지만 난 약사가 아니야."

"제약 회사 다닌다고 모든 약에 대해 알지는 못해. 게다가 이제는 제약 회사에 다니는 것도 아니라고. 내가 다니는 CRO는 임상 시험을 전문으로 하는 기관…"으로 시작되는 레퍼토리를 이제껏 연주에게 몇 번이나 말했을까.

─ 아. 맞다. 너 전에 다니던 제약 회사 제품이지? 지금 난리 난 약 말이야.

결국 세린이 꺼내고 싶지 않았던 화제가 나왔다.

─ 세상에. 부작용으로 고자가 되다니….

"성기능이 아니라 호르몬 분비에 문제가 생기는

거야."

- 그게 그거지. 어쨌든 사랑하는 감정을 못 느낀다는 거 아니야. 근데 그 증상이 전염된다며?

"바이러스 질환이 아닌데 전염성이 있다는 게 말이 되니? 그 병을 갖고 있는 바이러스가 존재하지 않잖아. 무슨 수로 전염시킬 건데? 비말에 호르몬 이상을 일으키는 성분을 넣을 것도 아니고… 켁켁—"

갑자기 들린 사례에 세린이 정곡을 찔린 사람처럼 괜히 당황했다.

- 어머. 너 감기 걸렸나 보다. 요즘 감기가 유행이라는데 조심해. 어쨌든 그 약, 난 좀 그렇더라. 임상 시험에 참여한 사람들 배우자나 파트너까지 호르몬 수치가 떨어지는 경우가 더러 있대.

"그냥 둘 다 노화가 일어난 거겠지. 늙으면 호르몬 분비도 줄어."

- 네가 보기엔 그러니? 하긴 전문가 말을 들어야지. 내 친구가 그 회사 다녔었다니까 우리 아파트 아줌마들이 다들 물어봐 달라고 난리야. 뉴스에서 종일 떠들기는 하는데 뭐 정확히 어떻게 된다는 건지 알려 주는 채널이 없더라.

"내가 뭘 알아. 이제 거기 다니지도 않는데."

- 그래, 그래. 아무튼 오늘부터 그 약 먹은 사람

사랑은 하트 모양이 아니야

들은 다 격려한다고 하니까 길 가다 옮을 일은 없 겠지.

"알려 줘서 고마워."라는 말로 곧 끝날 줄 알았던 연주와의 통화는 그 후로도 20분이나 더 이어졌다.

– 맞다. 너 감기 심하면 한약이라도 먹을래? 우 리 큰아버지가 약령시장에서 약재 파시잖아. 나 름 그쪽으로 유명하셔.

"괜찮아. 나 한약 안 먹어."

– 그래. 그럼 우리 남편이나 좀 먹여야겠다.

양약이랑 한약을 같이 먹어도 되나. 세린은 항우 울제를 먹는 연주의 남편이 걱정되었지만 그 마음 을 입 밖으로 꺼내지는 않았다. 대신 통화의 끄트머 리에 "승우 씨한테 잘해 줘. 착한 사람이잖아. 착한 사람들은 종종 탈이 나."라는 말을 얹어 오랜 친구 연주에게 사실을 말하지 못했다는 죄책감을 덜어 내었다.

탕탕–

"이봐! 이 친구야! 나와 봐!"

언젠가부터 우연은 사람들 앞에서 세린을 '이 친 구'라는 애매한 호칭으로 부른다. '여보'나 '자기'라 고 부르기엔 사이가 좋지 않았고, 자기 부인을 남들 앞에서 '너'나 '야'라고 부르는 것만큼은 피하고 싶었을 것이다. 그랬다가는 그가 늘 추구하는 지성인의 이미지에서 벗어나게 될 테니까.

세린이 방문을 열고 나가 보니 우연은 보호복을 입고 서 있는 사람들과 함께였다.

그중엔 세린의 전 직장 동료이자 현 직장 클라이언트사의 담당자인 진하도 있었다. 안 그래도 키가 큰데 보호복까지 입으니 다른 행성에서 온 사람처럼 보였다. 세린은 그 복장을 보고서야 실감이 났다. 자신이 격리 대상자가 되었다는 사실이. 결국 부작용 사태가 격리 조치에 이르렀다.

몇 년 전부터 제약업계에서는 호르몬 관련 신약 개발이 유행했다. 집중력을 향상시키거나, 차분한 감정을 유지시키거나, 작은 일에도 기쁨을 누리게 하는. 각자의 상황이나 기호에 따라 호르몬 분비량을 맞춰 주는 조절제였다.

세린의 전 직장이었던 제약 회사에서도 호르몬 조절제가 개발되었다. 모니터 요원이었던 세린은 제1상 임상 시험(안전성을 평가하고 부작용을 알아보는 단계)에 직접 참여했다. 위험 부담이 있는 일이라 임상 시험 대상자 수를 채우기 어려웠기 때문에

사랑은 하트 모양이 아니야

참여가 허용된 것이었고 나중에 세린은 요원직을 완전히 내려놓아야만 했다. 물론 사내에서는 세린이 도대체 왜 직무를 포기하면서까지 임상 시험에 참가하려 하는지 의아해했었다.

신약을 체험한 결과 세린은 불운하게도 부작용을 겪게 되었다. 인간관계, 그중에서도 사랑하는 사람과의 관계에 영향을 미치는 호르몬 '루프포세신'은 세린의 몸에서 더 이상 분비되지 않는다. 그뿐만 아니라 부부의 호르몬이라 불리는 '옥시토신'도, 일부일처의 호르몬이라 불리는 '바소프레신'도 정상 수치에 한참 미치지 못한다. 우연은 그 사실을 지난주에 처음 알게 되었다.

"그거 우리 이혼하고 관련 있어?"

우연은 궁금해했다. 반년쯤 전부터 갑자기 식어버린 세린의 감정과 한 달 전쯤 듣게 된 이혼 통보가 호르몬 조절제의 부작용과 관련이 있는지를.

"전혀 상관없어."

세린은 우연의 추정을 한마디로 부정했다. 사실세린은 자신이 겪고 있는 부작용을 끝까지 우연에게 알리지 않고 이혼할 생각이었다. 어쩔 수 없이 털어놓게 된 이유는 이 부작용이 전염성을 띠고 있다는 괴소문이 돌았기 때문이었다.

처음에는 웃어넘겼다. 너무 허황된 이야기라 머잖아 잦아들 거라고 생각했다.

"미안해. 미안하게 됐어. 근데 지금 도는 소문은 말도 안 되는 소리들이야. 걱정하지 마."

하지만 곧 상황이 더 심각해졌다. 몇몇 좋지 않은 사례가 인터넷에 올라왔고 물밑에서 떠돌던 소문은 뉴스에 보도되었다.

'영원히 누군가를 사랑할 수 없는 병'에 대한 사람들의 공포심은 거대한 힘을 가지게 되었고 임상 시험 참여자들은 세상에 나와서는 안 될 괴물처럼 여겨지기 시작했다.

일주일. 세린이 우연에게 부작용과 소문에 대해 이야기한 지 불과 일주일 만에 하얀 보호복을 입은 사람들이 두 사람의 집으로 우르르 들어왔다. 세린과 우연에게 내려진 '우선 격리 조치'는 부작용에 전염성이 없음을 정부 당국이 확인하기 전에는 풀리지 않을 예정이었다.

문제는 우연의 첫 장편 영화가 파리에서 열리는 세계적인 영화제에 초청되어 일주일 뒤에는 우연이 출국을 해야 한다는 점이었다.

사랑은 하트 모양이 아니야

"뭐라고 얘기 좀 해 봐. 나 다음 주에 파리 가야 한다고!"

"나 때문에 못 가게 된 건 정말 미안한데 격리 조치가 내려진 이상 널 파리에 보내 줄 수 있는 사람은 없어."

세린은 침착함을 유지하려 애썼다.

"이우연 선생님. 송세린 선생님과 부부 사이시죠. 이 집에서 함께 사시잖아요."

진하가 개인 정보 차트를 보며 말했다.

"함께요? 같이 눈뜨고 밥 먹고 그런 걸 말씀하신 거라면 이 친구와 '함께' 살았다고 하기는 어려울 것 같습니다. 이 집에는 낮에 잠깐, 아주 잠깐 집안일을 하고 옷 갈아입으러 들르는 정도입니다. 최근에는 저 친구를 마주칠 일이 거의 없었어요. 심지어 머리가 저렇게 단발이 된 것도 지금 알았다니까요."

진하의 시선이 세린의 짧은 머리로 향했다. 그 순간 진하의 눈빛에 연민이 비치자 세린은 자존심이 상했다.

"지금 하고 있는 말들에 의미가 있다고 생각해?"

신경질적인 어투로 세린이 우연에게 따져 물었다. 우연이 바로 맞받아쳤다.

"어! 충분히 의미 있다고 생각하는데? 난 지금 필사적이야! 영화판에 들어온 지 10년 만에 내 작품이 인정을 받아서 국제 영화제에 초청됐다고! 가야지. 비행기가 없으면 배라도 타고 가야지!"

"배로는 그 날짜까지 못 가."라고 말해 주고 싶었지만 세린은 참았다. "그게 지금 중요해?"라든가 "넌 꼭 그러더라." 같은 말이 돌아올 게 뻔하기 때문이었다. 그간 현실성이 없는 우연의 말을 바로잡다가 싸운 적이 지긋지긋하게 많았다.

"서로 없는 듯이 살았던 사이라고요. 이 친구가 임상 시험인지 뭔지에 참여했다가…! 아니, 나는 일단 그런 걸 한다는 사실을 알지도 못했지만!"

우연이 원망 가득한 눈으로 세린을 노려보았다.

"그렇게 지냈는데 저한테 전염이 됐겠습니까? 이 친구 주변 사람 전부를 통틀어 봐도 전염됐을 가능성은 제가 가장 낮을 겁니다."

이쯤에서 한번 정리를 해야겠다 생각했는지 진하는 한 걸음 앞으로 나와 차분히 설명했다.

"전염성과 관련하여 정확하게 밝혀진 부분은 아직 없습니다. 그걸 확인하기 위해 격리 조치를 내린 겁니다. 일단 임상 시험 참여 당사자와 동거인은 함께 격리됩니다."

사랑은 하트 모양이 아니야

"뭐, 그래요. 그렇다 칩시다. 그런데 부작용이 사람을 어떻게 만든다고요? 고자요?"

"그 사항에 대해서도 아직 밝혀진 사실은 없고요. 정확히 말씀드리자면 성기능이 아니라 몇 가지 호르몬 수치가…"

진하는 세린과 비슷한 타입의 인간이다. 정작 법적 배우자인 우연은 정반대의 인물이지만.

"됐어요. 만일 고자가 되더라도 저는 파리에 가겠습니다. 그까짓 고자 하죠, 뭐!"

흥분한 우연의 외침은 결국 세린의 지적 본능을 건드리고 말았다.

"네가 정말 고자가 된다면 파리가 먼저 널 거부하겠지. 자국민도 아니고 그런 치명적인 전염병에 걸린 외국인을 들이겠어?"

"야! 지금 그게 중요해? 넌 꼭 그러더라!"

세린이 우연에 대한 데이터를 착실히 수집했음을 입증하는 대답이 돌아왔다.

진하는 떠나기 전 정리를 마치고 세린에게 다가와 "실례가 아니라면 뭐 하나 여쭤봐도 될까요?"라고 말했다.

"네."

세린은 진하가 머뭇거리는 모습에 도대체 뭘 물어보려고 그러나 궁금했다.

"두 분… 결혼은 어떻게 하게 되신 거예요?"

그 질문은 순전히 그의 지적 호기심에서 나온 것이 분명했다. 인간사를 지배하고 있는 호르몬의 역할에 대해 생각이 많아진 듯했다.

도파민. 대다수의 연애가 그렇듯 시작점은 도파민이었을 것이다.

"한국 분이시죠?"

프라하의 한 카페에서 우연은 세린에게 대뜸 말을 걸어왔었다.

"자리가 없어서 그런데 혹시 여기 테이블을 같이 써도 될까요?"
"네."

세린은 우연을 크게 신경 쓰지 않았다. 후드 티 차림에 캡 모자를 쓰고 커다란 배낭을 멨으니 배낭여행을 온 대학생이겠거니 생각하고 이내 눈길을 돌렸다.

"이 책 재미있어요?"

세린이 읽고 있던《약물로 사람을 죽이는 100가

사랑은 하트 모양이 아니야

지 방법》을 보며 우연이 물었다.

"재밌어요."

"100가지 중에 뭐가 제일 마음에 드는데요?"

그렇게 시작된 대화는 꽤 오래 이어졌다. 우연의 첫인상은 나쁘게 말하자면 철이 없는 것 같고 좋게 말하자면 자유로워 보인다는 것이었다. 헬륨 풍선처럼 가볍게 붕붕 날아다닐 수 있을 것 같은 사람. 평소 같았으면 아마 저런 사람과는 평생 말 한마디 섞지 않았을 것이라고 세린은 생각했다. 하지만 여행 중이기 때문이었는지 세린은 그에게 흥미를 느꼈다. 처음에는 '이렇게 사는 사람도 있구나' 하는 수준의 단순한 흥미였다.

나름 진지한 이야기를 나누게 되었을 때부터 우연의 인상은 달라지기 시작했다.

"약한 약일수록 무섭네요. 누군가를 죽이고 싶다는 생각을 아주 오랫동안 품어야만 그걸로 사람을 죽일 수 있잖아요. 그렇게까지 깊은 미움은 어떤 마음일까요. 그런 증오를 품고 사는 것도 쉽지 않을 거예요."

"사람을 죽이고 싶은 마음을 굳이 이해할 필요가 있을까요?"

"제가 하는 일이 대충 그런 일이거든요. 누군가

의 마음을 들여다보는 일. 그리고 제가 본 걸 다른 사람들에게도 보여 주는 일. 그렇게 해야 사람들이 서로에 대해 더 잘 알게 된다고 믿는 편이라. 적을 알고 나를 알면 백전백승! 뭐, 그렇게까지는 못 할지 몰라도 상대를 좀 이해해 줄 수는 있겠죠. 그러면 100번 벌어질 전쟁이 90번이나 80번 정도로 조금은 줄지 않을까 하는 생각이 들어요."

긴 대화로 배가 고파진 두 사람은 카페에서 나와 자연스럽게 함께 식당에 갔다. 바츨라프 광장에 있는 햄버거 가게 테라스석에 앉아 식사를 하면서도 수다를 멈추지 않았다. 계산을 하러 일어난 뒤에야 소매치기가 세린의 지갑을 훔쳐 갔다는 사실을 알게 되었다.

그날, 우연은 세린과 함께 경찰서에 가서는 새벽까지 곁에 함께 있어 주었다. 그는 세린의 지갑 사진을 인터넷 쇼핑몰에서 찾아 경찰에게 보여 줬으며 까만 옷을 입고 있었던 소매치기범의 모습을 그림까지 그려 가며 설명했다. 결국 세린의 손안에 다시 빨간색 지갑이 들어왔을 때 우연은 세린보다 조금 더 기뻐하는 얼굴을 하고는 세린보다 먼저 경찰에게 고개 숙여 인사를 했다.

그 모습에 세린의 마음이 반응했다.

사랑은 하트 모양이 아니야

나중에 고백하기를 우연은 그날 카페에 앉아 있는 모습을 처음 본 순간부터 세린이 마음에 들었다고 했다. 날씨가 좋은 날이어서 어딜 가나 사진을 남기느라 바쁜 관광객들이 가득했다. 그런 도시 한가운데에서 푸석푸석한 머리를 느슨하게 묶고 눈썹도 그리지 않은 채로 혼자 카페 구석에 앉아 독약 살인 어쩌구 하는 책을 읽고 있었으니 그것만으로도 충분히 흥미로웠단다.

하지만 세상엔 흥미로운 것이 정말 많다. 당시의 두 사람에게는 그 대상이 일시적으로 '서로'였을 뿐이다. 원래 도파민이라는 호르몬의 작용이 그렇다. 처음 흥미를 갖기 시작할 때는 강한 자극이 느껴지지만 시간이 지날수록 그 강도는 점차 약해지기 마련이다.

한바탕 난리통이 벌어진 후 집으로 찾아온 사람들이 떠났을 땐 벌써 저녁이 가까워지고 있었다.

"그 사람들 딱 너 같더라. 로봇도 아니고. 입만 열면 안 됩니다, 안 됩니다, 안 됩니다! 도통 말이 통하질 않아."

우연은 분이 안 풀리는지 방문을 열고 들어와 세린에게 쏘아 대기 시작했다.

"글쎄. 내가 보기엔 말이 안 통하는 건 너 같던데."

세린은 특유의 차분하고 차가운 말투로 대답했다.

"나한테 미안하기는 하니?"

"거봐. 말이 안 통하는 건 너야. 어제부터 내가 몇 번을 사과했는데. 넌 말을 못 알아듣니?"

"지금 이게 미안하다는 말로 될 일이야?"

"그럼 어떻게 해 주길 바라는데?"

들고 있던 자료들을 내려놓은 세린은 어디 한번 들어나 보자는 마음으로 우연을 마주했다.

"내가 무조건 파리에 갈 수 있게 해 줘."

1초의 망설임도 없이 우연이 말했다.

그놈의 파리. 세린이 몸서리를 쳤다. 언젠가부터 자신에게 파리 알레르기가 생긴 것만 같았다.

"가. 가. 가라고! 아까 들었잖아. 일주일 뒤 호르몬 검사 결과에 문제가 없음 격리 해제야."

"나같이 맨날 술 먹고 밤낮이 바뀌어 있는 사람은 호르몬 수치가 정상으로 나올 확률이 낮다고 네가 말했잖아! 만일 내 호르몬 수치가 비정상적으로 나오면 어떻게 되는 건데!"

"그럼 정말 큰일이지. 전염됐을 가능성이 있으니 격리되는 게 맞지. 영화제가 문제야?"

"장난해? 상이라도 받으면!"

사랑은 하트 모양이 아니야

"너 못 가면 걔가 대리 수상한다며. 함경우!"

함경우는 우연의 이번 초청작에 출연한 주연 배우였다. 우연의 영화에 캐스팅될 때만 해도 신인이었지만 영화가 제작되는 사이 출연한 드라마가 인기를 끌면서 일약 스타덤에 올랐다.

"현실적으로 너보다 걔가 가는 게 영화 흥행에 도움이 되지 않겠어? 요즘 외국에서도 함경우가 그렇게 인기가 많대. 지금의 함경우면 네 저예산 독립 영화에 캐스팅하는 건 어림도 없었을 거야."

"그거 진심으로 하는 말이지?"

우연은 믿을 수 없겠지만 세린은 진심이었다.

"알면서 뭘 물어! 질문이 취미야?"

열기로 가득했던 두 사람 사이의 공기가 순식간에 싸늘해졌다.

"너 사이코야?"

우연이 분에 못 이겨 뱉은 말이었다.

"누가 누구보고 사이…"

탁. 세린의 말이 끝나기도 전에 우연이 방문을 닫았다.

"하!" 우연을 따라 나가려던 세린이 이내 닫힌 방문을 쾅 치고 돌아섰다.

흥분하지 말자. 그렇게 속으로 되뇌어 봤지만 심호흡을 할수록 숨이 더 답답해졌다.

집이 코딱지만 해서 그래. 역시 투 베드 투룸으로 이사를 갔어야 했어. 안일하게 월세 계약을 연장하지 말았어야 했다. 후회가 막심했다.

세린과 우연이 결혼하기 전, 연주는 신혼부부에게 가장 적당한 집 구조는 원룸에 방 하나가 더 있는 형태인 1.5룸이라고 말했었다.

"1.5룸 딱 좋네. 신랑 1과 신부 1이 만나잖아? 그럼 2가 되는 게 아니야."

"그럼 뭐. 1이 된다고?"

"아니. 그렇게 잘 맞을 리가 있니. 더 애매해. 1.5야, 딱. 온전히 1로 설 순 없고 25% 정도는 서로에게 양보해야 해."

"뭘 양보해야 하는데."

"뭐든. 시간, 감정, 자유. 일상에 포함된 모든 것들을 말이야."

하지만 우연과 세린은 삶의 25%를 희생하지 않은 지 오래였다. 온전히 각자인 이들에게 1.5룸인 이 집은 무척 비좁을 수밖에 없었다. 아까 우연이 진하에게 한 말이 맞았다. 그동안 이 집에서 두 사

사랑은 하트 모양이 아니야

람이 함께 살 수 있었던 이유는 서로가 최대한 함께 하지 않으려 했기 때문이었다.

하지만 머지않아 이혼할 상황인데 이사를 가는 것도 뭣했다. 대출을 받아 가며 집을 넓힌다는 건 미래를 함께 도모하는 부부 사이에나 어울리는 일이니까.

저 문밖의 파리 귀신. 이대로 파리에 가지 못하게 된다면 우연은 아마 헤어지고 나서도 평생 세린을 원망할 것이다. 세린은 그 빌어먹을 파리로 우연을 날려 버리고 싶었다.

•

우연과 세린은 서로의 '극'이다. 영화나 드라마를 뜻하는 '극'이 아니라 '극도로', '극한의'라는 말에 쓰이는 '극'. 정반대 지점의 양쪽 끝.

우연이 로맨스 영화를 좋아하고 발라드를 듣고 술 한잔의 여유를 즐기는 사람이라면 세린은 추리 소설을 읽고 밴드 공연을 보러 다니고 차를 내리는 사람이었다.

물론 처음엔 서로 반대라서 끌리기도 했다. 그런

매력이 로맨스를 꽃피운다는 건 고대로부터 내려오는 진리니까.

세린의 취미는 학술지를 읽는 것이었다. 우연은 어려운 말만 가득한데 뭐가 그렇게 재밌냐고 물었고 세린은 세상에서 일어나는 모든 현상의 원인을 알 수 있을 것 같아서 좋다고 했다. 추리 소설을 읽는 것도 그런 이유 때문이라고. 추리 소설 속 모든 사건에는 연관된 단서가 있고 그 단서들을 바르게 짜맞추면 진상이 드러난다. 수학 문제에 맞는 공식을 찾아 풀어내면 정답이 나오는 것처럼.

하지만 우연은 영원히 답을 찾을 수 없는 영역이 인간사에 존재한다고 믿었다. 그래서 로맨스를 좋아했다. 로맨스가 만들어지기 위해서는 우연과 운명이 필요하다. 우연은 매일 똑같은 일상 속에서 가끔 생기는 예외이며 운명은 수많은 예외가 모여서 만들어 내는 힘이다.

"로맨스는 과학이 아니야. 정답도 없고 원인도 없어." 우연의 생각은 그가 만든 영화 속 대사로도 나온 적이 있었다.

신혼 시절까지만 해도 서로가 넓혀 준 세계가 선물 같았다. 세린은 밤마다 우연이 보는 로맨스 영화 속 주인공들의 비이성적인 감정선을 이해할 수 없

사랑은 하트 모양이 아니야

다면서도 잠들지 않고 끝까지 함께 봤다. 어느 날부터는 우연이 듣던 발라드를 흥얼거리더니 그 노래 가사와 같은 상황에 빠진 옆자리 동료가 점심시간마다 늘어놓는 푸념에 면역이 생겼다며 좋아했다.

우연도 마찬가지였다. 세린이 아무렇게나 어질러 놓은 학술 자료들을 치우다가 재미있는 정보를 발견하면 아이디어 노트에 적었다. 시나리오를 쓰다가 막힐 때에는 거실 한 벽면을 채운 세린의 책들을 뒤적거리기도 했다. 이번 영화의 주인공인 우주 여행을 꿈꾸는 과학 교사도 세린의 책에서 힌트를 얻은 캐릭터였다.

하지만 '다름'이 '불편함'이 되는 일들이 점점 더 많아졌다. 추위를 잘 타고 짠 음식을 싫어하고 밝은 조명을 좋아하는 세린과 달리 우연은 몸에 열이 넘쳐 났고 달기만 한 음식들은 먹지 않았으며 아주 고즈넉하고 어두운 분위기를 좋아했다.

두 사람이 합의점을 찾아야 할 생활 속 문제는 한두 가지가 아니었다. 처음엔 서로 배려하고 넘어갔었지만 각자 바빠진 이후로는 사사건건 부딪치기 시작했다. 거기에 부부의 사회적 역할 문제, 가족 문제, 생활비 문제 등등이 더해지면서 별것 아니었던 불만들이 겹겹이 쌓이게 되었다. 그 결과 쉽게 끝이 날 것 같지 않은 아주 진득하고 기분 나쁜 부부 싸움이 이어졌다.

우연의 입에선 매번 "모르겠어.", "조금 피곤해." 라는 무력한 대답이 나왔고 세린은 늘 "회피는 해결이 아니야."라며 다툼의 원인을 찾아내길 독촉했다. 세린의 사전에는 '어쩌다 보니 그렇게 되는 것'이란 없었으니까. "그냥 좀 넘어가."라는 우연의 대답은 그저 게으르고 무책임한 사람의 방치로만 여겨졌다.

비슷한 문제가 몇 번이고 다시 불거져서 다투게 되면 일주일이 지나서야 화해하기도 했고 한 달 넘도록 데면데면하게 굴기도 했다. 그런 일이 수차례 반복된 후론 아예 서로를 피하기 시작했다. 그제서야 진짜 싸움이 시작된 것이다. 진짜 싸움은 무음, 냉전이다.

"클라이맥스! 그걸 잘 만들어야 해!"

우연은 영화과 교수님들이 왜 침을 튀겨 가며 그렇게 외치셨는지 비로소 알게 되었다. 절정에 이르지 않는 갈등을 만들어선 안 된다. 그런 갈등은 해결되지 않은 채로 인물들을 점점 지치게 하고 마니까. 일반적으로 로맨스 장르의 갈등이 해결되는 방법은 '그럼에도 불구하고 사랑하는 것'이며 추리 장르에서는 '모든 문제의 실마리가 풀리면서 사건

사랑은 하트 모양이 아니야

이 해결되는 것'이지만 우연과 세린은 둘 다 해내지 못했다.

'사계절은 같이 겪어 보라던 선배의 말을 거스르고 세 계절 만에 결혼을 한 것이 문제였을까.' 하고 우연은 생각했다.

모든 이야기엔 기승전결이 있다. 물론 로맨스 스토리도 그렇다. 결혼하기 전에는 그 '결'이 결혼이라고 생각했는데 막상 결혼을 하니 다음이 막막해졌다. 사실은 바로 그때부터 새로운 이야기가 시작되고 있었다. 장르가 변한 걸 우연만 몰랐을 뿐.

결혼 생활은 로맨스가 아니다. 그보다는 끊임없이 주어지는 문제의 정답을 풀어내며 모험해야 하는 어드벤처 퀴즈 쇼 같은 것. 쇼는 쉴 새 없이 다음 라운드로 향하는데 함께하는 두 사람이 의견을 모으지 못한다면 결국 게임 오버에 이를 수밖에 없다. 정반대의 성향을 지닌 우연과 세린은 매번 다른 정답을 내밀었고 어떠한 문제도 해결하지 못한 채 끝을 맞이했다.

연애 9개월, 그리고 결혼 생활 2년 반. 세린의 말대로라면 이미 유효 기한이 지나도 한참 지난 관계였다.

콩깍지 호르몬 페닐에틸아민이 나오는 동안에

는 상대가 뭘 해도 예뻐 보인다. 비단 외모만 좋아 보이는 것이 아니다. 짠돌이가 검소한 사람으로 보이기도 하고 융통성 없는 고집쟁이가 뚜렷한 가치관을 가진 사람으로 보이기도 한다.

효과가 강력한 것들은 대부분 유효 기한이 짧다. 한 명의 상대를 향한 페닐에틸아민 분비는 일반적으로 2년을 넘기지 못한다. 귀엽던 파마머리가 지저분하게 느껴지고 우수에 찬 것 같았던 쌍꺼풀이 느끼하다는 생각이 드는 순간, 페닐에틸아민의 작용은 끝났다고 볼 수 있다.

"사람 마음이 그렇게 단순할까."

그 호르몬에 대해 세린이 처음 설명했을 때 우연은 호기롭게 말했었다. 사람의 마음은 몰라도 인간의 신체는 단순하지 않다고 세린은 생각했다. 호르몬 작용만 놓고 봐도 아직 밝혀지지 않은 부분이 많으니까. 하지만 사람들의 사랑은 보통 페닐에틸아민 분비가 멈춤에 따라 1~2년 안에 끝난다.

"그러니까 결혼 생활을 몇십 년 한 우리 부모님들이 다들 억지로 같이 살고 있다는 거야?"

우연의 반박에 세린은 차분하게 되물었다.

"너 어머니가 아버지한테 사랑한다고 하시는 거 본 적 있어?"

사랑은 하트 모양이 아니야

"우리 엄마가? 아니."

"아버지가 어머니를 사랑스럽다는 눈빛으로 보신 적은 있어?"

"글쎄. 애초에 아빠가 뭘 그렇게 본 적이 없는 것 같은데."

"난 봤어. 우리 아빠는 하루의 첫인사와 끝인사가 '사랑한다'인 사람이었거든. 어렸을 적의 날 보던 눈빛, 엄마를 보던 눈빛, 다 기억나. 그런데 내가 열세 살 때 우리 아빠는 다른 사람을 사랑한다면서 떠났어."

세린이 우연에게 처음으로 한 아빠 이야기였다.

그땐 세린의 덤덤한 모습을 보고 우연도 최대한 아무렇지 않은 척하려 했었다. 하지만 그렇게 되기까지 얼마나 힘들었을까를 생각하니 너무 속이 상해 참지 못하고 그만 눈물을 떨구고 말았다. 예전에는 그만큼 세린을 사랑했었는데. 지금도 그럴까.

우연의 머리가 점점 더 복잡해질 무렵이었다. 감았던 눈을 뜨니 세린이 방에서 언제 나왔는지 우연을 물끄러미 내려다보고 있었다.

"으아악."

부감으로 잡힌 세린의 얼굴에 놀란 우연이 소파 아래로 굴러떨어졌다. 세린은 여전히 심각한 표정으로 서 있었다.

"뭐 하는 거야."

우연이 바닥에 찧은 무릎을 손으로 문지르며 일어났다.

"도와줄게."

"뭐?"

"다음 주 검사 말이야. 확인해 보니까 호르몬 수치가 정상이어야 할 필요가 없어. 네 호르몬이 자극에 반응한다는 것만 보여 주면 되더라고. 검사 당일이야 기계를 이것저것 쓰겠지만 내가 여기서 그럴 순 없고, 그나마 직접 확인해 볼 수 있는 건 심장 박동 수야. 뇌하수체 후엽에서 분비되는 호르몬들이 심장 박동 수와 어느 정도 상관관계가 있다는 연구 결과를 봤거든…."

들고 나온 자료를 뒤적이는 세린을 우연은 이해할 수 없다는 표정으로 바라봤다.

"왜?"

"왜냐니?"

우연은 당황스러웠다. 30분 전만 해도 세린은 우연을 죽일 듯이 노려보고 있었다.

"갑자기 날 도와주려는 이유가 뭔데."

"네가 파리에 가야 할 것 아니야."

사랑은 하트 모양이 아니야

"아."

이제야 이해가 된다는 듯 우연이 끄덕였다. 이 집에서 같이 있으니 자신을 내보내는 편이 더 낫겠다고 판단한 것이라면 납득할 만했다. 그리고 그건 우연도 동의하는 바였다.

"그래서 그 호르몬들이 자극에 제대로 반응하게 만들려면 어떻게 해야 하는데?"

우연이 물었다.

"먼저 정상적인 호르몬 분비와 척지듯 살았던 지난날을 반성해."

우연은 자신을 탓하는 세린의 말투가 마음에 들지는 않았지만 일단 협조적으로 고개를 끄덕였다.

"밤에 자고 낮에 충분히 움직일 것. 음주는 당연히 안 되고 오후 5시 반에 저녁 먹을 거야. 보급받은 재료로 해 먹을 거니까 그렇게 알아."
"해 먹어? 누가 만드는데."
"내가."

세린의 말에 우연이 멈칫했다.

"요리를 한다고?" 당황한 우연을 지나쳐 세린은 방으로 향했다.

"그건 그렇고." 우연이 세린을 붙잡았다. 최대한

모른 척하려 했지만 어쩐지 찝찝한 감정이 가시지를 않았다.

"넌 정말 괜찮은 거야?"

"뭐가?"

"부작용 때문에 호르몬들이 제대로 분비되지 않는다며. 진짜 별일 없는 거냐고."

사실 우연은 내내 세린의 몸 상태가 신경 쓰였다. 이혼 얘기가 오갈 정도로 사이가 나쁘다고 해서 걱정까지 그만둔 것은 아니었다. 도대체 왜 그런 임상 시험에 참여한 건지 건강에 큰 이상은 없는지 궁금한 게 많았다. 세린은 뭐 하나 속 시원하게 말해 주지 않았으니까.

"괜찮다고 했잖아. 사는 데 아무 지장 없다고. 저녁 먹기 전에 이왕이면 스쿼트 같은 운동이라도 좀 해."

역시나 괜히 말을 걸었다.

세린이 방으로 들어가 버린 뒤 우연은 온라인 영상 속 강사의 자세를 따라 스쿼트를 시작했다. 오랫동안 챙기지 않았던 몸뚱이라 말을 잘 듣지 않았다.

전염성은 무슨. 내 호르몬이 비정상적이라면 그건 신약의 부작용이 옮아서가 아니라 몇 년 동안 스트레스를 너무 많이 받아서 그런 거라고 우연은 외

사랑은 하트 모양이 아니야

치고 싶었다. 남보다도 더 멀게 느껴지는 저 차디찬 아내와의 불화를 부디 정상 참작에 반영해 달라고.

우연이 정부 보급품으로 받은 식품 상자를 내려다봤다. 상자 속에는 초콜릿, 콩, 고기 등이 담겨 있었다. 초콜릿은 필요 없는데. 이건 집에도 이미 차고 넘쳤다. 세린은 언젠가부터 먹지도 않을 초콜릿을 자꾸 사서 집에 쌓아 두었다. 설마 이 사태와 연관이 있는 행동이었을까. 그냥 어느 학술지에서 초콜릿 관련 글을 읽었겠거니 생각했었는데.

우연의 예상대로 저녁 메뉴는 역시나 카레였다. 요리를 정말 못하는 세린이 신혼 초에 종종 해 주던 음식이었다. 카레 가루를 푼 물에 무엇이든 넣으면 카레가 되는 법이다. 간도 따로 볼 필요가 없으니 그만큼 실패율이 낮았다.

결혼 직후에 빨래와 청소와 설거지는 우연이, 요리는 세린이 하기로 정했다. 애초에 빨래, 청소, 설거지는 세린보다 우연이 더 잘했고 그때는 출근하는 세린보다 우연에게 훨씬 더 시간이 많았다. 남은 집안일은 요리였는데 세린은 굳이 소질도 없는 그 일에 욕심을 부렸다.

"밥은 그냥 시켜 먹거나 사 먹거나 하자. 회사 일로도 바쁠 텐데 집에서는 쉬어."

세린의 각종 음식 공격을 버티다 못한 우연은 어느 날 그렇게 말했다. 그 이후로 세린은 카레만 했다. 하지만 카레 냄새마저도 오래지 않아 집 안에서 사라졌다. 우연이 바빠지면서 같이 밥을 먹을 일이 없어졌고 빨래도 청소도 설거지도 각자의 일이 되었으니까.

　　우연이 속으로 과거를 되짚는 사이 세린은 말없이 카레를 떠서 방으로 들어갔다. 초콜릿과 콩과 고기가 들어간 카레. 한동안 삼시 세끼 저것만 먹겠구나. 우연이 주방에 놓인 큰 들통을 보며 생각했다.

　　그렇게 이틀이 흘렀다. 불과 48시간 만에 두 사람 모두의 탈출 욕구가 최고치로 올랐다. '그래, 이렇게까지 안 맞았더랬지. 예전엔 어떻게 같이 살았던 걸까.' 하는 생각이 들기에 충분한 시간이었다.

　　"내가 수건 말리고 나서 제발 빨래 통에 넣으라고 했지. 그리고 화장실에 떨어진 머리카락은 좀 치우고 나와. 너 진짜 살림 너무 못하지 않냐?"

　　부딪치고 싶지 않은 마음에 참아 왔던 불만을 먼저 터뜨린 건 우연이었다.

　　"화장품 바르고 머리 말리고 나서 할 거야. 알아서 정리할 테니까 제발 관심 꺼! 너나 밥 먹고 설

사랑은 하트 모양이 아니야

거지 바로 해. 밥 먹으러 부엌 갔는데 더러운 그
릇들 보이면 밥맛이 뚝 떨어지니까."

서로의 기분을 상하게 하는 날카로운 말들이 이
어졌다. 식탁에 어질러진 세린의 자료들을 우연이
다 치워 버리고 우연이 피우던 향초를 세린이 꺼 버
리자 더더욱 분위기가 살벌해졌다.

"내일은 상의할 게 있으니까 아침 9시에 식탁으
로 와서 앉아. 인간적으로 세수는 하고 마주하자."

"너나 잘해."

세린의 말에 우연이 TV에서 눈도 떼지 않고 대
답했다.

삐- 그리고 TV 화면이 꺼졌다. 그제야 우연이
리모컨을 든 세린을 째려보았다. '뭐. 또 싸우자고?'
라고 말하는 듯한 그의 표정이 보기 싫었던 세린은
탁, 거실 불도 꺼 버렸다.

"자. 10시잖아. 신체 리듬을 생각해야지. 파리 안
갈 거야?"

하. 깜깜해진 거실에 우연의 깊은 한숨이 퍼졌고
세린은 방으로 들어갔다. 숨이 턱턱 막힌다는 말이
딱 어울리는 상황이었다.

다음 날, 아침 9시가 되자 두 사람은 세수를 한 얼

굴로 식탁에 앉았다. 이 자리에서 서로를 마주 보는 게 얼마 만인지. 마지막으로 같이 식사한 게 지난 계절의 일이었나. 아니, 지지난 계절쯤이었나. 우연은 시기를 되짚어 보았다.

화장기 없는 세린의 얼굴이 오늘따라 창백해 보였다. 세린은 질끈 머리를 묶은 채 자료들을 열심히 보고 있었다. 이 색깔 저 색깔의 펜으로 줄을 그어 놓은 부분이 많았다. 세린을 보고 있자니 우연의 마음속에서는 이런저런 감정이 뒤섞였다. '뭘 또 저렇게 열심히 해. 그래. 이 집에서 빨리 날 내보내고 싶겠지.' 하는 생각에 아니꼬운 느낌이 들다가도 '도와주겠다고 저렇게 노력하는 게 고맙네.' 싶기도 했고 한편으로는 '아니지. 애초에 이게 다 누구 때문에 벌어진 일인데.'라는 생각이 들었다.

아, 됐어. 우연이 도리질을 하며 일어났다. "밥 먹을 거지?" 우연이 주방으로 가 카레를 떴다. 세린은 딱히 뭐라고 답하지 않았다. 여섯 번째로 먹는 초콜릿, 콩, 고기 카레였다. 김치도 대화도 없이 두 사람은 카레를 먹었다.

"파리, 로맨스 영화, 린다…."

세린이 혼잣말하듯 중얼거렸다.

"뭐?"

사랑은 하트 모양이 아니야

"시청각 자료를 보는 걸로 검사가 시작될 거야. 검사 결과를 잘 받으려면 네가 반응할 만한 것들로 연습을 해 봐야지."

무슨 생각을 그렇게 하면서 밥을 먹나 했더니 세린은 우연의 호르몬 분비를 이끌어 낼 대상을 고르는 중이었다.

"그다음 검사는 실제 주변 인물을 대면하는 상황에서 진행되니까 본인이 좋아하는 남녀가 누군지 불러 봐."

세린이 일 잘하는 팀원처럼 사무적으로 말했다. 남편한테 좋아하는 여자 이름을 알려 달라고 하다니. 우연은 어이가 없었다.

"호르몬 반응이 있는지 없는지가 검사하는 동안 바로바로 확인되는 거야?"
"어."

검사 대상이 인간관계와 관련된 호르몬인 만큼 검사 시에는 피험자가 특정 인물을 마주했을 때 보이는 반응이 실시간으로 기록될 예정이었다.

"정말 실험 쥐가 따로 없네. 인권 유린이라는 생각 안 들어?"

자신의 처지를 새삼 깨달은 우연이 말했다.

"그런 생각 들어. 하지만 보건부는 인권이 아닌 보건에 더 집중해야 하는 입장이야. 이 사태가 끝나고 나면 고소해."

호르몬이 분비되는지 여부를 최대한 자연스러운 방식으로 확인하려다 보니 그런 방법이 채택됐겠지만 인권을 운운할 만한 검사라는 생각에는 세린도 동의하는 바였다.

"그런데 린다가 왜 나와?"

린다라면 우연이 대학생 때 좋아했던 영화의 주인공 이름이었다.

"영화를 만들겠다고 마음먹은 계기라며. 그 여자, 좋아하는 배우 아니었어?"

"배우보다는 영화를 좋아한 거지."

"솔직해져. 파리 안 갈 거야?"

그 영화에서 우연이 좋아하는 장면들에는 어김없이 린다가 나온다. 캐릭터에 애정이 있을 뿐 배우 본인에게는 아무 감정 없다고 말하고 싶었지만 파리에 가려면 솔직해져야 한다는 세린의 말에 우연은 조용히 넘어갔다.

"술은 뭐 종류 상관없이 좋아할 거고… 게임은 그거 있잖아. 그 전쟁 게임."

세린이 메모를 하다가 고개를 저었다.

사랑은 하트 모양이 아니야

"이야. 술에 게임에, 여기 도박만 끼면 진짜 최악의 남편상이겠네."

세린의 비난에도 우연은 별다른 타격을 받지 않고 어깨만 으쓱했다. 기분이 상할 만한 공격이 아니었다. 예전에 가벼운 장난을 칠 때면 종종 나오던 어조였다.

문득 우연은 세린과 사이가 좋았던 시절을 떠올렸다. '그래. 이런 얼굴을 하고 이런 말투로 말하는 사람이었지. 그때는 분명 같이 있는 게 재미있었는데 왜 이렇게 팍팍해졌을까.' 장난감 칼로 툭툭 치듯 티격태격하던 두 사람은 어느 순간부터 정곡을 찌르는 필살기 공격만을 주고받는 사이가 되었다.

사실 우연은 '어느 순간'이 찾아온 시점을 정확히 알지 못한다. 서서히 물들듯 그렇게 바뀌어 버렸다. 세린의 말처럼 호르몬의 작용이라는 건 으레 그러하니까. 세린을 따라 각종 학술지를 너무 많이 읽어서일까. '사랑의 힘'이라는 낯간지러운 기운을 믿었던 우연마저 이제는 그런 것이 진짜 있는지 확신할 수 없게 되어 버렸다.

세린과 한집에 머물기가 이 정도로 힘들다는 것이 사랑의 힘이 별것 아니라는 증거나 다름없었다. 우연은 이런 생각을 자신만 하지는 않으리라 생각했다. 사람들은 사랑을 믿으려고 애쓰지만 마음 한 편으로는 불신하고 있다.

"많은 사람들이 누군가를 사랑하는 능력을 잃을 까 봐 걱정하고 있습니다." 지난밤, 우연이 본 시사 프로그램에서 진행자가 말했다. 그의 옆에는 수년 간 호르몬 조절제 관련 연구를 했던 전문가가 앉아 있었다.

"무분별한 정보들이 대중에게 혼란을 더하고 있 습니다. 전문가 입장에서 보면 어떻습니까. 이 불 안감은 어떤 방법으로 해소될 수 있을까요?"

"일단은 그 호르몬제의 부작용에 대한 이해가 필 요하겠습니다. 요즘 화두가 되고 있는 호르몬은 세 가지 정도로 보입니다. 바로 바소프레신, 옥 시토신, 루프포세신인데요. 이 호르몬들의 분비 에 문제를 겪고 있는지 아닌지를 확인하는 것이 관건입니다."

그 뒤로 이어진 전문가의 설명에 따르면 4일 뒤 우연의 상태를 검사할 담당자들은 뇌하수체 후엽 에서 분비되는 호르몬을 확인하게 된다. 사랑에 빠 지게 하는 호르몬인 도파민과 콩깍지를 씌우는 호 르몬인 페닐에틸아민이 유효 기간 종료로 사라지 고 나면 '정'이라는 감정으로 관계를 유지해 주는

사랑은 하트 모양이 아니야

안정형 사랑 호르몬들 말이다.

그중에서 가장 널리 알려져 있는 옥시토신은 부모가 아이를 사랑하는 마음같이 희생적이고 따뜻한 사랑을 만들어 낸다. 그렇기 때문에 누군가는 뜨거운 사랑이 끝나 버린 부부의 관계를 잇는 것이 바로 이 옥시토신이라고 주장하기도 한다.

바소프레신은 한 사람과 맺는 깊은 유대 관계와 관련된 호르몬이다. 최근 들어 바소프레신의 분비가 일부일처혼을 유지하려는 성향에 중요한 영향을 미친다는 연구 결과가 발표되었다. 짝을 지었던 상대를 배신하고 바람을 피우는 포유류의 뇌에서는 바소프레신이 적게 분비된다는 사실을 확인한 것이다.

마지막 한 가지는 문제의 루프포세신. 비교적 최근에 알려진 이 호르몬의 이름은 love의 고대어 lufu에 소유한다는 뜻의 possess를 더해 만들어졌다. 루프포세신은 오로지 연애 감정을 일으키는 상대가 존재할 경우에만 분비된다고 알려져 있다. 동정심도 유대감도 친근감도 아닌 '사랑'. 평생 누군가와 손을 잡고 입을 맞추고 상대를 안고서 잠들고 싶게 하는 그 복잡한 감정이 생겨나는 원리가 루프포세신의 발견을 통해 드러나게 되었다.

이 호르몬을 처음 발견한 미국의 한 대학교 연구소에서는 10년 차부터 50년 차까지의 커플 1만 쌍을 대상으로 대대적인 연구를 실시했다. 10년 동안의 조사 결과 루프포세신은 전체 참가자 수의 약 75%에 해당하는 커플의 체내에서 일정한 양으로 꾸준히 분비되었다. 연구 기간 중 헤어진 커플이 루프포세신 분비가 꾸준하게 이루어지지 않은 25%에 해당할 확률은 무려 97%에 달했다. 이 실험 결과가 발표된 이후 루프포세신은 '이혼 판독기'라는 별명을 얻게 되었다.

"대다수의 임상 시험 참가자가 이 세 가지 호르몬이 분비되지 않는 부작용을 겪고 있다는 것인데, 그렇다면 일단 이 사람들은 사랑을 할 수 없게 되었다고 보는 게 맞지 않을까요?"

시사 프로그램 진행자가 전문가에게 물었다.

"호르몬과 감정 사이에는 밀접한 상관관계가 있죠. 다만 사랑이 그저 호르몬에만 의존하는 감정인지는 한번 생각해 봐야 할 것 같습니다. 게다가 호르몬 문제가 전염된다는 건 너무 터무니없는 이야기라 말 그대로 괴담에 가깝다고 저는 판단하거든요."

"하지만 전염 가능성이 높기 때문에 격리 조치가 이루어진 것이 아닌가 하는 여론이 제기되고 있

사랑은 하트 모양이 아니야

습니다.”

“이번 격리는 전염 예방 조치라기보다는 사회적
으로 큰 파장이 일어날 수 있는 부작용에 대한 선
제 대응에 가깝다고 봅니다.”

전문가는 '부작용을 겪고 있는 임상 시험 참여자
들의 진짜 문제는 아마도 전염을 걱정하는 사람들
이 따가운 시선을 보낸다는 점이 아닐까 싶다'고
말했다. 지금의 여론은 부작용의 피해자들에게 너
무도 폭력적이라고. 그의 말이 끝나자 시민들의 인
터뷰 장면이 나왔다. 모자이크 처리가 되긴 했지만
우연과 같은 아파트에 살고 있는 한 아주머니도 등
장했다.

“우리 아파트에 자꾸 보호복 입은 사람들이 오가
니까 너무 무서워요. 기숙사에 있는 딸한테는 당
분간 집에 오지 말라고 이야기하긴 했는데…. 이
렇게 다닥다닥 붙어 사는 나라에서 집에 있게 두
는 게 무슨 격리예요. 어디 수용 시설을 만들어
야 하는 것 아닌가요?”

충분히 이해가 가는 말이었다. 만일 같은 동 다른
층에 사는 누군가가 격리 대상자라는 사실을 알았
다면 우연은 어떻게 했을까. 전염이 되는지 여부가
확실하지 않으니 설레발쳐서는 안 된다고 생각하
면서도 파리에 가지 못하게 될까 봐 일찌감치 조연

출 금재네 집으로 피신했을 수도 있다.

하지만 실제로는 남의 문제가 아니다. 세린의 몸에서는 세 가지의 안정형 사랑 호르몬이 제대로 분비되지 않는다.

"도대체 왜 그런 실험에 참여했어?"

밥을 먹는 중에도 여전히 자료들을 보느라 정신 없는 세린을 가만히 바라보다 우연이 물었다.

그 말을 들은 세린은 잠시 멈칫했다.

"내가 원래 호르몬 연구에 관심이 많았잖아. 흥미로운 연구인데 실험군이 안 모인다고 해서."

세린은 아무렇지 않은 듯 말하고는 다시 카레를 먹었다. 더 파고들었다가는 또 싸움이 일어날 것 같아 우연도 말을 멈추었다.

밥을 먹고 나서 세린은 우연이 좋아하는 강아지, 고양이, 유명 연예인의 사진을 보여 주며 우연의 심박수를 체크했다. 그러고 보면 참으로 웃기는 일이었다. 우연의 심박수를 높이는 대상 리스트에는 고양이도 강아지도 들어가는데 그토록 사랑했던 세린은 빠져 있었다.

그 점을 신경이나 쓰고 있는지 모를 세린의 표정

에는 사뭇 긴장감이 흘렀다. 세린은 나름 이 분야의 전문가였다. 각종 자료를 보고 공부해서 테스트 방법을 결정하고 실행하는 중이었다. 사실 우연도 긴장이 되었다. 그렇게 이를 갈고 세린과 싸우면서도 지난 이틀간 열심히 운동하고 일찍 잠들고 카레를 먹으며 몸 상태를 개선하려 한 것은 파리에 가는 일이 그만큼 중요했기 때문이었다.

"움… 움직였어."

세린이 실험에 성공한 과학자처럼 박수를 치며 일어섰다.

✦

우연의 검사 결과를 확인한 세린은 헛웃음을 지었다. 우연의 심장은 세린이 준비한 모든 사진에 반응했다. 원체 만물에 관심이 넘치는 사람이었기에 어느 정도 예상하긴 했지만 좀 어이가 없는 수준이었다. 아니, 고슴도치한테까지 반응할 일인가.

역시나 파리 사진에 대한 반응이 가장 컸다. 분당 심박수가 100을 거뜬히 넘겼다.

"너도 해 봐. 검사는 나만 받는 게 아니잖아."

자신의 검사 결과에 조금은 안심한 우연이 말했다. 세린은 의미 없는 일이라며 거절했지만 우연은 기어코 세린을 앉히고 검사를 시작했다. 우연의 취향에 맞춰 구성한 리스트를 사용해서 그런지 세린의 심박수는 평상시와 똑같았다.

"네가 좋아하는 것들을 썼어야 해. 학술지나 새로운 호르몬 논문 같은 거 말이야."

"변태도 아니고 그런 걸로 심박수가 올라가겠어?"

호르몬이 정말 반응한다면 기분 나쁠 것 같다고 세린은 생각했다.

"야. 그럼 고슴도치를 보고 심박수가 올라간 나는 뭐가 돼!"

"내 일은 스스로 알아서 할 테니까, 너나 잘해."

"잠깐 기다려 봐."

식탁 위의 자료를 모아 들고 방으로 들어가려던 세린을 우연이 말렸다. 그러고는 세린의 모의 검사를 위한 리스트를 본인이 짜 보겠다고 나섰다.

"프라하, 초콜릿, 그리고 그 밴드 멤버 있잖아. 대머리에 선글라스 쓴 드러머."

우연이 복수라도 하듯 막힘없이 써 내려가며 말했다. 하지만 세린은 확신했다. 만일 호르몬이 정상적으로 기능한다고 해도 전혀 흥미가 생기지 않았

사랑은 하트 모양이 아니야

을 것들이었다. 우선 프라하. 이미 팍팍해진 부부 관계의 시작점이야 생각해 봤자 좋을 게 없었다. 최근 들어 초콜릿을 많이 섭취한 이유는 좋아해서가 아니라 호르몬 정상화를 위해서였고 대머리 드러머의 팬이었던 건 아주 머나먼 과거, 교복을 입었던 시절의 일이었다.

'네가 나에 대해 뭘 알겠어.' 세린은 속으로 말했다. 혹여나 투정으로 들릴까 봐서 입 밖으로 내지는 않았다. 우연이 잘 아는 세린은 언제 적 버전일까. 어쩌면 결혼 이후로 업데이트가 되지 않았을 수도 있다.

더 이상 대화하고 싶지 않아 세린은 TV를 켰다. 목적 없이 채널을 마구 돌리다 자막에서 익숙한 이름을 발견하고 리모컨을 내려놓았다. 마침 영화 프로그램에서 우연의 신작이 소개되고 있었다.

"영화제에 초청받으니까 이런 데에도 나오네."

자기 영화가 나오는 것을 본 우연이 리스트 작성을 잠시 멈추고 소파로 가 앉았다.

세린은 우연의 신작을 보지 않았지만 무슨 내용인지는 알고 있었다. 지구에 발령된 뒤 연락이 끊긴 애인을 몸소 찾으러 온 카사노바 외계인과 사주팔자 따지기를 좋아하는 과학 선생이 주인공인, 비과

학과 유사 과학과 진짜 과학이 제멋대로 짬뽕된 로
맨스.

신혼 초의 우연은 종종 세린에게 이 영화의 시나
리오를 보여 줬었다. 세린의 역할은 모순을 찾거나
반론을 제기하는 것이었다.

"카사노바가 왜 굳이 애인을 찾으러 지구까지
와. 다른 여자, 아니 다른 외계인을 또 만나겠지.
차라리 그냥 지구 여자들이 궁금해서 온다고 해."
"아니야! 카사노바한테도 순정이 있을 수 있지!
그녀가 진짜 사랑이었으니까 찾아다닌 거야. 지
구인과 사랑에 빠진 자기 애인을 보며 가슴 아픈
이별을 겪는다고. 카사노바는 자기를 배신한 애
인 때문에 지구까지 오게 됐지만 헛수고했다는
생각 따위는 안 해. 너무 멋지지 않아? 누군가를
위해 우주를 건널 만큼의 마음이란 어떤 건지 너
무 궁금하잖아."

"그래. 뭐 외계인은 외계에서 왔으니까 이상하다
고 치고, 지구인 여자는? 이 여자도 이상해. 잘못
접촉했다가 무슨 병이라도 옮으면 어쩌려고 외계
인을 도와줘? 게다가 사랑에 빠진다고? 신고부터
하는 게 상식 아닌가. 안전 불감증이 주제야?"

"야. 지금 그게 중요해? 넌 꼭 그러더라. 지구상
에 네 남자는 없다는 사주 풀이를 평생 들어 온

여자야. 그런 여자가 만난 운명의 상대가 외계인이라는 게 중요한 거라고!"

"그 운명 때문에 외계인을 좋아한다는 거야?"

"처음엔 인간에게 없는 순정이 신비로웠겠지."

"시간이 지나서 신비로움이 사라지면? 어떤 걸 먹고 어떻게 사는지 다 알게 돼서 익숙해져 버리면 끝날 사랑이야?"

"그땐 정이 들어 버린 뒤겠지."

"그게 사랑이야? 흥미를 느껴서 다가가고 흥미가 떨어졌을 때쯤엔 정이 들어 버려서 어쩔 수 없이 같이 사는 게? 그게 네가 말하는 로맨스야? 차라리 서로에 대한 신비로움이 남아 있는 시점에 외계인을 원래 살던 곳으로 돌려보내거나 죽여 버려. 애틋하기라도 하게."

"기다려 봐. 대단한 대사를 만들어 낼 테니까. 다시는 카사노바 외계인의 사랑을 무시하지 못하게 만들어 주지."

우연은 그렇게 장담했었다.

"화제의 신작 〈카사노바 외계인의 오늘은 사랑〉을 소개합니다." 개그맨 출신 진행자가 멘트를 시작했다.

"톡톡 튀는 캐릭터로 파리 국제 영화제의 심사위원들까지 사로잡은 이우연 감독은 주변 사람들을 참고해서 개성 강한 인물들을 만들었다고 하는데요."

그랬다. 우연은 종종 주변 사람들의 성격을 영화 캐릭터에 넣었다.

그건 일종의 사생활 침해이자 인격 모독이라고 세린이 지적했지만 우연은 '어딘가 찔려서 그런 생각이 드는 것'이라며 웃었다. 우연의 영화에는 세린과 닮은 캐릭터가 나오곤 했다. 세린이 자주 하는 표정을 짓고 자주 하는 대사를 날리는 캐릭터들. 그들이 주인공이었던 적은 없었다. 그들 중 누군가는 아이를 싫어하지만 개는 예뻐하는 괴팍한 옆집 할머니 역이었고 누군가는 주인공 커플을 뒷조사하는 탐정 듀오 중 한 명인 자료 조사원 역이었다.

하나같이 그 여자와는 많이 달랐다. 우연의 오랜 뮤즈이자 첫사랑. 우연이 세린을 만나기 전, 유일하게 만났던 여자. 우연과 그녀는 7년간 연애를 했다.

세린은 우연의 영화 크레딧 속 고마운 사람들 명단의 마지막 줄에 뜬 '나의 오랜 연인 후희'에서 그녀의 존재를 처음 확인했다. 세린은 그녀를 한 번도 본 적 없지만 우연의 영화 캐릭터들 중 그녀를 닮은 사람은 언제나 단번에 알아볼 수 있었다.

지금 TV에 나오는 짧은 영화 소개 영상에도 그

사랑은 하트 모양이 아니야

녀의 모습이 보였다. 카사노바 외계인이 우주를 건너 만나러 온 애인. 여자 주인공보다도 더 눈에 띄는 화려한 미모의 소유자였다.

"난 널 꼭 행복하게 해 주고 싶었어. 그땐 내가 많이 부족했다. 지금의 나로서 널 만났다면 우리 사이는 달라졌을 거야. 그냥 그렇다고."

카사노바 외계인이 전 애인과 작별하며 말했다. 세린의 눈에는 두 인물이 우연과 후회로 보였다.

"찌질한 새끼."

세린의 입에서 자신도 모르게 욕이 튀어나왔다.

"야. 욕을 한다고?"

우연이 황당한 표정을 지었다.

"그때 못 했으면 끝이지. 저런 소리는 뭐 하러 해. 다 개수작 아니야?"

개수작이라니. 스스로가 내뱉은 말에 세린이 속으로 놀랐다. 사춘기 이후로 쓰지 않았던 단어였다.

"누구한테 이입을 했기에 그렇게 화가 난 건데."

놀란 것은 우연도 마찬가지였다.

그러게, 왜 이렇게 화가 났지. 호르몬 때문일까. 세린은 요새 감정 조절이 잘되지 않았다.

지난번에 연주를 만났을 때도 그랬다. 별것도 아닌 일로 기분이 나빠졌다가 좋아졌다가 했다.

"거봐. 그때 본 타로점이 맞았네."

연주는 세린을 억지로 끌고 타로술사에게 갔던 일을 언급했다. 세린은 인상을 쓰며 대꾸했다.

"그런 사기를 믿어? 순 엉터리더구만. 나보고 연애를 하라잖아. 유부녀가 연애를 해야 돼? '마음에 기근이 들었네요'? '감정의 땅이 팍팍해지면 화가 많아져요'? 완전 헛소리지."

"너 안 믿는다면서 엄청 세세하게 기억한다?"

연주가 놀림 반 감탄 반으로 한 말에 세린은 기억력이 좋은 편이라서 아직 잊지 않았을 뿐이라고 대답했었다.

우연의 신작 소개를 보면 볼수록 세린의 마음속에서는 화가 점점 더 치밀어 올랐다. 영화 속에서 자신을 닮은 캐릭터를 찾았기 때문이었다. 카사노바가 사는 행성의 지구 관련 행정 부서에 속해 있는 외계인 통신원은 건조하고 피곤한 표정의 캐릭터였다. 대사의 대부분은 "2시입니다. 충전하세요.", "안 됩니다. 돌아오세요.", "규정상 어렵습니다." 등의 사무적인 이야기였는데 세린이 일을 할 때 실제로 달고 사는 말들이었다.

사랑은 하트 모양이 아니야

"쟤는 생긴 게 왜 저래?"

심지어 생김새가 기묘했다. 외계인이니까 당연하겠지만 사람의 형상이 아니었다. 성별을 알 수 없는 커다란 브로콜리 같은 모습이었다.

"왜, 귀엽잖아. 저 행성 외계인들은 원래 다 저렇게 생겼어."

"그럼 카사노바 외계인 커플의 과거 회상 장면에는 왜 저 브로콜리 외모가 안 나오는데."

"그건… 사실 만들 때 고민을 하긴 했는데, 너무 깨서 뺐어."

"귀엽다며."

"그건 쟤니까 할 수 있는 얘기지. 쟨 조연이잖아. 감초 몰라?"

"쟤도 자기 인생에선 주연이야."

"네가 왜 화를 내."

"네가 쟬 무시하는 거 같아서 그러지."

"주연이랑 조연 외모는 다를 수밖에 없잖아. 쟤가 주연이면 장르가 바뀌지. B급 액션 코미디? 그 정도면 잘 어울리겠다."

"쟤가 주인공인 스핀오프 만들어서 정통 스릴러로 가. 복수극으로."

"누구한테 하는 복수인데."

"업무 스트레스를 줬던 카사노바 외계인을 죽이

러 지구로 가는 거야."

"생각보다 재미있을지도? 근데 그 설정으로 정통 스릴러는 아니지. B급이지. B급 코미디가 딱이야."

우연과 너무 오래 말을 섞은 것을 세린은 곧 후회했다.

"그냥 네 캐릭터가 다 별로야."

"야!"

세린이 한 모욕적인 말에 우연도 세린과 너무 오래 대화했다고 생각하던 찰나였다.

"망하겠네."

그 말을 던져 버리고 세린이 일어섰다.

"너, 내가 그 말 제일 싫어하는 거 알면서 일부러 했지?"

발끈하는 우연에게 세린은 브로콜리를 닮은 외계인 통신원이 날릴 법한 대사를 건조하게 읊었다.

"3시야. 스쿼트 해."

대망의 검사 당일이 왔다. 다소 긴장된 얼굴로 세린과 우연이 검사를 받기 시작했다. 다행히 우연은 시청각 자료 검사를 큰 문제 없이 통과했다. 하지만 세린의 호르몬은 반응이 미미했다.

이제 남은 것은 대면 검사였다. 피험자들은 주변 인물 두 명을 마주한 상태에서 검사를 받게 된다.

"난 금재랑 김 작가 불렀어. 금재는 조연출이니까 어쩔 수 없이 상황을 알렸고 김 작가는 내 주변 사람들 중에서 입이 제일 무겁거든. 넌 누구 불렀어? 연주 씨?"

"연주는 안 돼. 애기들도 있으니까. 내가 생각하기엔 확실히 전염성이 없는데 그렇다고 해서 여기 오라고 할 수는 없어. 격리 중이라는 말도 안 했고."

"그래도 제일 친한 친구잖아."

하지만 세린에게 '친한'과 '가까운'은 뜻이 다른 단어였다.

"그럼 연주 씨 말고 누굴 부른 거야?"

"그냥 회사 동료. 그리고 전에 다니던 회사 동료."

원래 세린은 같은 팀 팀원인 채미 씨와 종수 씨에게 부탁을 했었다. 상황을 설명할 필요도 없는 상대이기 때문이었다. 하지만 지난밤 종수 씨에게서 나올 수 없을 것 같다는 연락이 왔다. 혹시 전염이 되면 어떡하냐며 여자 친구가 걱정한다고 했다. 충분히 이해가 가는 상황이었다.

다행히 참석해 준 세린의 옆자리 직원 채미는 잠시 세린을 걱정하더니 얼마 전 헤어진 전 애인에 대한 푸념을 하고는 떠났다. 눈치는 조금 없지만 그래도 착한 사람이라고, 업무에 복귀하고 나면 몇 시간이든 푸념을 들어 줘야겠다고 세린은 생각했다.

　　그러고 나서 세린은 진하와 마주 앉았다. 결국 종수 씨의 자리를 급히 채워 준 사람은 진하였다. 세린은 진하와 전 직장에서 약 3년간 함께 일했다. 그 기간 동안 나눈 사적인 대화라고는 세린이 청첩장을 돌리자 진하가 축하한다는 짧은 인사를 건넨 것이 전부였다. '그저 담당하는 임상 시험의 관련 문서를 함께 채워 나갔던 일개미 1, 일개미 2였을 뿐'이라고 말하고 싶지만 이제 진하에 대한 세린의 감정은 그렇게 단순하지 않았다.

　　지난봄, 세린은 동네 도서관에서 우연히 진하를 만났다. 세린이 이직한 후로 처음 만난 것이었다. 진하가 먼저 인사를 했다.

　　"이렇게 만나니 반갑네요."
　　"그러게요. 댁이 이 근처예요?"
　　"아뇨. 일부러 찾아왔어요. 여기에 재밌는 자료가 가장 많더라고요."

진하가 과학 잡지를 잔뜩 내보이며 말했다. 세린도 챙겨 보는 것들이었다.

"아이고. 경쟁자가 생겼네."

세린의 말에 진하가 웃었다.

"시간 괜찮으시면 커피 한잔하실래요?"

두 사람은 그날 2시간 정도 수다를 떨고 각자의 집으로 돌아갔다. 이후로 우연이 촬영 때문에 바빠지면서 세린이 혼자 도서관을 찾는 날이 늘었다. 진하와 세린은 우연히 마주치면 함께 커피를 마시기도 했고 서로가 흥미로워할 만한 자료를 가져다주기도 했다.

진하는 재미있는 자료를 발견하면 종종 세린을 기다렸는데 그 모습을 본 세린은 진하가 조금 귀엽다는 생각이 들었다. 그 감정을 깨달았을 때부터 진하와 마주칠 수도 있는 주말에는 도서관에 가지 않았다. 진하 역시 세린에게 연락하지 않았다. 얼마 뒤 회사에서 일 문제로 만났을 때 두 사람은 아무 일도 없다는 듯 서로 인사하고 넘어갔었다.

"죄송해요. 저 때문에."

세린이 검사차 자신의 집으로 찾아온 진하를 마주 보고 앉아 머쓱하게 말했다.

"아뇨. 따로 수당도 나오고 좋은데요."

보호복을 입은 진하가 별일 아니라는 듯 손을 저었다.

"그나마 다행이네요. 근데 무슨 말을 해야 할지 잘 모르겠어요."

세린이 어색하게 웃으며 말했다. 진하를 이 자리에 부른 사람으로서 이야기를 주도해야 할 것 같은데 정말 딱히 할 말이 없었다.

"주제를 하나 정할까요. 기왕 이렇게 된 거 '호르몬'으로 하시죠."

이런 상황에 대화 주제를 '호르몬'으로 잡다니 진하답다는 생각이 들었다. 진하에게 악의가 없다는 걸 알기에 세린은 아무렇지 않았다.

"좋아요. 먼저 말씀하세요."

세린이 진하에게 우선권을 주었다.

"전 호르몬의 작용이 코딩과 비슷하다는 생각이 들어요. 코딩은 명령문을 짜는 일이잖아요. 호르몬도 생명체에게 여러 가지 지시를 내리죠."

관심 있는 주제라 그런지 진하는 평소보다 조금 빠른 속도로 말했다.

"흥미롭네요. 그 비유를 적용해 보자면 지금의

사랑은 하트 모양이 아니야

저는 버그 정도로 여겨지는 걸까요."

세린이 떠오르는 대로 이야기했다. 현재의 상황을 자조적으로 볼 생각이 아니었다. 세린의 마음을 진하도 알고 있는 듯했다.

"그런 뜻으로 말씀드린 것은 아니지만 발상이 재미있네요. 호르몬을 코딩한 프로그래머 입장에선 호르몬을 거스르는 약을 개발해서 버그를 만들어 내는 저희가 야근 유발자로 보이겠어요."

그 말에 세린은 가볍게 웃음이 나왔다. 역시나 진하와의 대화는 편안했다. 어쩐지 우연이 신경 쓰여 고개를 돌려 보니 우연은 경멸로 가득한 표정을 짓고 있었다.

"그 얼굴은 뭐야."
"검사에 집중하세요."

세린은 검사를 맡은 연구원의 지적에 "네. 죄송합니다."라고 대답한 뒤 다시 진하를 마주했다. 진하는 평소보다 더 부드러운 얼굴을 하고 있었다.

"힘드시죠? 생각보다 많은 격리자들의 검사 결과가 긍정적으로 나오고 있어요. 너무 걱정하지 마세요."
"그런 정보 막 말씀하셔도 돼요?"
"안 되죠. 혼나겠죠?"

진하가 연구원의 눈치를 살피며 말했다.

"많이 무서우실 것 같아서요. 호르몬 이상이 더 큰 문제로 이어지기 전에 얼른 해결할 겁니다."

진하는 세린을 걱정하는 것 같기도 했고 안타깝게 여기는 것 같기도 했다.

"고마워요."

세린의 인사가 끝나자마자 연구원이 검사 종료를 알렸다. 세린은 자리에서 일어섰다.

"고맙다니. 애초에 이 난리가 왜 났는데. 저 사람이 다니는 회사에서 만든 약 때문 아니야?"

우연이 세린을 흘겨보며 중얼거렸다.

"다음, 이우연 씨 검사 진행할게요. 이우연 씨 지인분 들어오세요."
"안녕하세요, 박사님."

우연과 함께 일하는 조연출 금재가 세린을 보고 인사했다. 이유는 모르겠지만 금재는 세린에게 '형수님'이 아닌 '박사님'이라는 호칭을 사용했다. "네. 안녕하세요." 세린이 미소 지으며 인사했다.

그리고 누군가 금재의 뒤로 따라 들어왔다. 김 작가가 아니었다. 세린은 그녀를 한눈에 알아볼 수 있었다. 연후희.

사랑은 하트 모양이 아니야

"와. 너 정말 파리에 가고 싶었나 보다."

세린이 우연에게 겨우 들릴 만한 크기의 목소리로 말했다.

•

"느그 므릿슥으스 느은 승극이느?(누구 머릿속에서 나온 생각이냐?)"

"프르 끅 그그 스뜨므.(파리 꼭 가고 싶다며.)"

너구나, 미친놈아. 우연이 여전히 이를 사리문 채로 금재를 노려봤다.

뒤이어 우연은 죄지은 사람처럼 방문을 힐끗힐끗 쳐다봤다. 세린은 할 일이 있다며 방금 전에 방 안으로 휙 들어가 버렸다.

"잘 지냈어?"

우연이 먼저 후희에게 인사했다.

"많이 당황스러웠겠다. 그래도 여기까지 이렇게 와 줘서 고마워."

우연이 최대한 예의를 갖춰 부드럽게 말했다.

후희는 뒤집어쓰고 있는 보호복 헬멧 때문에 의

사 표현이 잘되지 않을 것 같았는지 크게 고개를 끄덕였다. 오랜만에 만난 후희는 익숙하면서도 낯설었다. 항공사 승무원 일을 그만두고 최근에는 책을 쓰기 시작했다고 한다. 그리고 보니 보호복 안으로 보이는 헤어스타일이 낯설었다. 늘 까맣던 긴 생머리는 밝게 염색된 파마머리로 변해 있었다. 근무 중에는 화려한 매니큐어를 칠할 수 없어서 아쉬워했었는데 보호복 장갑 속의 손톱은 무슨 색이려나. 우연은 궁금해졌다.

"네 새 영화 봤다. 돈 내고. 요새 영화 티켓값 비싼 거 알지?"

"봤구나. 쑥스럽네."

"재밌더라. 캐릭터들이 다 너처럼 말해서 몇 번을 웃었어."

우연과 사귀는 동안에도 후희는 우연의 영화를 꼭 극장에서 봐 주었다. 독립 영화 전용관에서 대여섯 번 상영될 뿐이었지만 그래도 매번 꽃다발을 들고, 윗니가 예쁘게 드러나는 미소를 지으면서, 어느 날엔 새벽 비행을 마치고 올림머리를 풀지도 못한 채로 영화관에 왔었다.

착한 사람이었다. 가끔 우연이 돈을 모아서 산 작은 선물의 포장지까지 버리지 못하고 소중히 간직할 만큼. 그래서 우연은 후희에게 튼튼하고 굳건한 거점이 되어 주고 싶었다. 후희가 멀리 떠났다 돌아오면 넓은 품으로 안아 주는 포근한 스위트 홈이 되고 싶었다. 하지만 대학생이던 후희가 사회 초년생이 되고 승진을 할 무렵까지도 우연은 그런 존재가 되어 주지 못했다.

후희가 자신을 응원하고 챙기는 모습을 보면 우연의 마음 한편에는 숨길 수 없는 자괴감이 밀려왔다. 장시간 비행 때문에 퉁퉁 부은 후희의 발과 매일같이 머리를 당겨 묶어 빨개진 후희의 두피를 볼 때마다 마음이 좋지 않았다. 무능한 스스로를 탓하는 마음이 만들어 낸 옹졸함이 커질수록 후희를 위한 스위트 홈은 점점 더 작아졌다. 서로의 곁에 더 오래 머물렀다가는 앞으로 나아갈 수 없겠다는 생각이 들었다. 누가 먼저랄 것도 없이 불편하다고 느끼게 된 관계는 어느 순간 졸업을 하듯 끝이 났다.

그 이후 영화로 자리 잡을 때까지는 당분간 연애를 쉬겠다 했던 우연이 갑자기 결혼을 한다고 선언했을 때 금재는 놀라움을 금치 못했다.

"박사님은 도대체 어떤 분인 거야. 누구랑은 7년을 만났어도 결국엔 헤어졌으면서 어떻게 이렇게 느닷없이 결혼을 해? 결혼할 준비가 되었을 때 만난 건가?"

그렇지는 않았다. 결혼을 결정할 때쯤 우연에게는 모아 둔 돈이 전혀 없었다. 영화 일은 계속하고 있었지만 실상은 기간제 실업자나 다름없었고 가진 재산이라고는 살 때부터 이미 고물이었던 중고차 한 대가 전부였다. 그럼에도 뻔뻔하게 먼저 프러포즈를 할 수 있었던 것은 세린 덕이었다.

"건강한 몸으로 하고 싶은 일 하면서 사는 사람이 전체 인구의 몇 퍼센트나 될 것 같아? 난 그냥 밥 굶지 않고 달마다 빠져나가는 카드값을 감당할 정도의 경제력을 가졌다는 사실에 감사하며 살 거야."

연애하던 시절에 세린은 우연에게 그렇게 말했었다. 그저 자유롭게 살다가 때가 되면 마음에 드는 자리에 돗자리 펴듯 자리 잡으면 된다는 그녀의 가치관은 우연이 불안정한 자신도 부족하지 않은 존재라고 느끼게 해 주었다.

세린의 앞에서 우연은 솔직했다. 그 긴 시간을 만난 후회에게는 쉽게 터놓지 못했던 마음 깊숙한 곳의 못난 구석도 보여 줄 만큼. 중학교 때 가장 친하게 지낸 친구들로부터 따돌림을 받았던 일도, 먼저 성공한 동기들에게 질투심을 느꼈던 일도 세린에게는 쉽게 고백할 수 있었다. 그럴 때마다 세린은 AI가 내놓은 듯한 직관적인 대사들로 우연의 삶에

사랑은 하트 모양이 아니야

중력을 부여해 줬다. 둥둥 떠다니는 허상에 매달리는 대신 땅에 발을 디딜 수 있게. 세린과 함께하고 나서야 우연은 비로소 앞으로 나아갈 수 있겠다는 생각이 들었다.

그래서 세린을 더 이해해 주고 싶었다. 성인군자까지는 못 되더라도 아내를 남들보다 몇 겹은 더 깊게 받아들여 주는 남편이 되고 싶었다. 서로의 민낯도 보듬는 관계가 부부 사이라고 생각했으니까. 하지만 실제로는 얼마나 실천했던가. 언제나 생각하건대 마음먹은 것이 행동으로 이어질 확률은 상당히 낮다.

검사를 위해 나눈 후희와의 짧은 대화가 끝이 났다. 몇몇은 바로 휘발될 정도로 별거 아닌 이야기였지만 전체적으로는 나쁘지 않았다. 결혼을 하기 전에 한 번쯤은 마음을 전하고 싶었는데 이제야 기회가 생겼다. 그 예쁜 시간을 함께해 줘서 고마웠다고, 덕분에 더 나은 인간이 될 수 있었다고, 언제나 행복하고 건강하길 바란다고 우연은 진심을 다해 말했다.

후희가 떠나고 검사가 끝났는데도 세린은 여전히 방에서 나오지 않았다. 우연은 세린이 마음에 걸렸다.

"박사님 괜찮으셔? 뉴스에 하루 종일 그 부작용 얘기만 나오잖아. 박사님은 왜 그런 조항에 동의를 하셨대?"

금재가 연구원들을 힐끔 보며 우연에게 속삭였다.

"조항? 무슨 조항?"

우연이 어리둥절한 표정으로 되물은 그때부터 연구원들이 어디에선가 급히 온 연락을 받고는 분주해지기 시작했다.

*

"프레리들쥐도 사랑을 한대?"

어느 주말, 주간 잡지에 실린 호르몬 연구 내용을 보던 우연이 세린에게 물었다.

"사랑을 하는지는 모르겠지만 다른 들쥐들하고는 다르게 일부일처를 원칙으로 삼아. 그래서 호르몬 작용 실험에 많이 쓰여."

전임상 시험의 대상이 인공 장기인 오가노이드로 대체되면서 대부분의 동물 실험은 사라졌으나 몇몇 실험에는 여전히 동물이 쓰였다. 프레리들쥐는 뇌하수체 후엽에서 분비되는 옥시토신, 바소프레신, 루프포세신과 관련한 실험에 주로 이용되었다. 도파민과 페닐에틸아민 분비가 줄어든, 즉 뜨거운 사랑이 끝나 버린 부부의 관계를 유지해 주는 호르몬들을 연구하는 데 쓰인 것이었다. 이 때문에 프레리들쥐 실험에는 '사랑', '이별', '배신' 같은 키워드가 종종 따라붙었다.

루프포세신 동물 실험 영상을 인터넷으로 찾아본 우연은 괴로운 표정을 지었다. 한 쌍을 이루고 있는 프레리들쥐 가운데 한쪽의 루프포세신 분비를 차단했을 때 둘 사이에서 일어나는 변화를 관찰하는 영상이었다. 루프포세신이 정상 분비되는 쥐가 자기 짝을 껴안았지만 루프포세신이 분비되지 않는 파트너는 반응하지 않고 먼 산을 봤다.

"마음이 아파서 도저히 못 보겠다. 내가 다 실연당한 느낌이야."
"지금 들쥐한테 이입하고 있는 거야?"
"이거 봤어? 얘 표정을 보면 그런 말이 안 나올걸."

루프포세신을 잃지 않은 들쥐는 파트너가 다른 짝을 찾아 헤매는 모습을 우두커니 바라보고 있었다. 우연이 한 말 때문인지 들쥐의 표정에서 상실감이 느껴졌다.

지금까지 얼마나 많은 프레리들쥐들이 인간의 손에 사랑을 잃었을까. '나는 자발적으로 참여하기나 했지 걔들한테는 완전 날벼락이잖아.' 세린은 비슷한 실험에 참여한 입장에서 걱정이 되었다. 인간들은 멸종 위기종들을 향해 따스한 관심을 보내지만 지천으로 깔린 생물종에 대한 태도는 한없이 차갑다. 흔하든 그렇지 않든 똑같은 생물인데 오로지 인간의 판단하에 한쪽만 실험체로 쓰인다니 그건 잘못된 일이라고 세린은 종종 생각했었다.

　　그나저나 저 문밖에서는 어떤 일이 일어나고 있으려나. "너 진짜 파리에 가고 싶었나 보다."라니. 왜 그런 말을 뱉은 거야. 세린은 머리를 엉클었다.

　　예쁘긴 하더라. 세린이 닫힌 문을 힐끗 쳐다봤다. 그간 우연의 영화를 보면서 세린이 어림짐작했던 대로 후희는 희고 가늘고 여린, 누구에게나 첫사랑일 것 같은 여자였다.

　　세린이 거울에 비친 자신을 바라봤다. 우연과 엇비슷하게 큰 키와 체격, 까무잡잡한 피부. 자신의 성격만큼이나 곧게 자라는 머리카락은 어떤 파마약에도 굴복하지 않았다.

　　사실 세린에게도 과거의 인연이 몇 명 있었다. 대부분 1년을 넘기지 못하고 헤어졌지만. 특별한 이

사랑은 하트 모양이 아니야

유가 있었다기보다는 다들 그렇듯 감정이 상하는 싸움을 이따금씩 하다가 상대를 잃는 것보다 자존심 상하는 것이 더 싫어졌을 때 갈라섰던 것이었다. 그런데 우연은 결혼도 하지 않은 채 7년간의 연애를 했다. 도대체 어떻게 그럴 수 있지. 페닐에틸아민 분비가 끝없이 이루어지는 사이가 있다더니. 두 사람이 그런 관계였을까. 세린은 이따금씩 궁금해졌다.

되돌아보면 우연은 세린과 만나는 동안 페닐에틸아민이 많이 분비되는 시기를 뚜렷하게 겪지 않은 것 같았다. 뮤즈와의 긴 연애를 통해 평생 쓸 페닐에틸아민을 다 써 버려서 그냥 웃긴 신인류를 택했던 걸까. 연애 초반에 우연은 콩깍지에 씌기는커녕 세린을 여자로 보는 기색조차 딱히 보이지 않았다. 그저 세린이 알려 주는 세상을 신기해하고 재미있어했다. 그게 다였다. 그런 마음이 사랑인가.

"배우들은 예쁘지 않아?" 하루는 세린이 우연에게 물었다.

"예쁜 사람도 많지."

"넌 예쁜 사람 안 좋아해?"

"좋아하지."

"그런데 왜 날 만나? 객관적으로 배우에 비하면

떨어지는 외모잖아?"

"왜 그래? 답지 않게."

"아니, 진짜 궁금해서 그래."

진심이었다. 순수한 궁금증이었다. 우연의 주변에는 세린보다 더 근사한 외모를 가진 사람이 많을 텐데 본인 눈썹에 어울리는 화장법도 모르는 여자를 왜 만날까. 이해가 되지 않았다.

"그야 재밌으니까."

"내가 개그 감각이 좋은 사람은 아닌데?"

"보고 있으면 웃겨."

"그건 기분이 좀 나쁜데?"

"거울 한번 봐 봐. 지금 네 표정도 웃겨." 우연이 세린을 놀리며 웃었다.

늘 그런 식이었다. 우연은 세린의 앞에서 항상 느긋하거나 장난기 넘치는 얼굴을 보여 주었다.

하지만 조금 전, 연후희를 다시 본 우연의 표정에는 당황스러움이 고스란히 묻어났다. 사랑과 질투는 다른 영역인지 세린은 기분이 상했다. 정확히 말하자면 질투보다는 고까움에 더 가까웠다. 그 긴 연애를 한 상대와는 이별하고 새로 만난 여자와는 만난 지 1년도 되지 않아 결혼해 놓고 저 표정은 뭐야.

연후희와 재회한 우연의 호르몬은 어떻게 반응

사랑은 하트 모양이 아니야

했을까. 분명 자신을 마주했을 때보다 더 대단한 변화가 나타났을 것이라고 세린은 생각했다. 아니지. 연후희는 적절한 비교 대상이 아니다. 고슴도치를 봤을 때보다 세린을 봤을 때의 반응이 더 미미할지도 모른다.

똑똑- 노크하는 소리에 세린이 문을 열었다. 진하였다. 우연의 검사가 얼추 마무리된 것 같은데 방밖의 분위기가 심상치 않았다.

"일단은 아셔야 할 것 같아서 말씀드리는데,"

진하가 난감한 표정으로 말문을 열었다. 진하의 말이 채 끝나기도 전에 우연이 다가왔다.

"얘기 좀 해."

우연의 표정은 심각했고 화가 나 보이기까지 했다. 목소리 또한 유달리 가라앉아 있었다.

"뭐야, 왜 그래?"

"너 정말 평소에 관심 있는 분야라서 그 임상에 참여한 거야?"

"도대체 무슨 소리 하는 거야?"

세린은 영문을 몰라 되묻다가 우연의 뒤쪽으로 시선을 옮겼다.

거실 TV에서는 세린이 참여한 임상 시험의 서약서에 대한 논란이 보도되고 있었다. '인간 대상 임상 시험 적절했는지 안정성 의심', '참여 동의서에는 죽을 수도 있다는 내용이 담겨'라는 자막이 화면 아래에 떴다. 곧 속보가 이어졌다. '호르몬 조절제 첫 사망자 발생'.

"죽을 수도 있다는 계약서에 사인을 했다고? 왜?"

우연은 도무지 이해가 되지 않는다는 표정을 지었다.

세린이 고개를 돌려 진하에게 상황을 물었다.

"어떻게 된 거예요? 사망이라뇨?"

"신약과의 관련성은 정확히 밝혀지지 않았어요. 원래 지병이 있으셨나 봐요. 확실한 건 저도 회사 들어가 봐야 알게 될 것 같아요."

진하는 상황이 파악되면 연락할 테니 너무 걱정 말고 조금만 기다려 달라는 부탁을 남긴 채 서둘러 떠났다.

무거운 분위기 속에 세린과 우연, 두 사람만 남았다. 세린은 소파에 미동도 없이 앉아 있던 우연에게 다가갔다.

"보도가 자극적으로 나와서 그렇지 원래 서약서에는 저런 내용이 다 담겨 있어. 이번 임상만 특

사랑은 하트 모양이 아니야

별한 게 아니야."

그 말을 들은 우연은 어디서부터 어떻게 말을 해
야 할지 모르겠다는 표정을 짓고는 머리를 짚으며
일어섰다.

"아무리 생각해도 이해가 안 돼. 적어도 나랑 상
의는 했어야 하지 않아?"

"그건….."

"그건 뭐?"

우연이 평소와 달리 차갑게 화를 내자 세린은 당
황스러웠다. 세린에게도 사정이 있었다. 하지만 지
금은 무슨 설명을 하든 결국 다 변명으로 들릴 것 같
았다.

"그러고 싶지 않았어."

상황을 모면하려 뱉은 세린의 말에 잠시 멍해졌
던 우연의 눈빛은 이내 원망으로 가득 찼다.

"야. 너… 좀 너무하다."

우연의 말에는 허탈함이 묻어났다.

"그동안 날 남편으로 생각하긴 한 거야?"

"미안해. 파리에 못 가게 된다면 내가 어떻게든
보상해 줄게."

"고작 한다는 말이 그거야?"

우연이 어이가 없다는 듯 헛웃음을 지었다.

할 말은 많았지만 그 말들을 하기엔 이미 너무 늦어 버렸다고 세린은 생각했다.

"그래. 네가 무슨 생각을 하는지 너한테 무슨 일이 일어났는지 이제 더 이상 궁금해하지 않을게. 됐다. 이제 진짜 됐어."

우연의 말에 세린의 가슴은 철렁였지만 세린의 입에서는 아무 말도 나오지 않았다. 입을 풀로 딱 붙여 놓은 것 같았다.

그렇게 머뭇거리는 사이, 세린의 핸드폰에서 전화벨이 울렸다. 진하였다. 세린은 다시 방 안으로 들어가 전화를 받았다. 호르몬 조절제 부작용이 전염되지 않는다는 사실이 확인되어 우연은 격리 대상에서 제외되었다고 했다. 우선은 다행이었다. 출국이 가능할지는 따로 확인해 봐야겠지만 우연이 파리에 갈 수 있는 가능성이 커졌으니까. 진하는 몇 가지 소식을 추가로 전했다. 속보에 나온 사망자의 사망 원인은 임상 시험과 상관없는 심혈관 질환인 것으로 밝혀졌으며, 부작용으로 인한 문제를 정확히 알아볼 필요가 있어 세린을 비롯한 부작용 경험자의 자가 격리는 유지하기로 했다는 내용이었다.

자가 격리는 세린에게 별문제가 아니었다. 어차

피 지금은 집에 있는 것이 제일 편했다. 우연에게 소식을 전하러 방 밖으로 나가 보니 집 안이 조용했다. 우연의 옷가지가 몇 개 사라진 것으로 미루어 그가 이미 떠났다는 걸 짐작할 수 있었다.

냉장고 모터 소리가 유난히 크게 들릴 만큼 주변이 고요했다. 이 집이 이렇게 넓었나. 세린은 환하게 불 켜진 거실에 앉아 생각했다.

우연이 피우다 만 향초가 소파 테이블 위에 놓여 있었다. 매캐한 연기는 더 이상 남아 있지 않았다. 이 향초에서 다시 연기가 피어오를 일은 아마 영원히 없을 것이다. 세린은 방으로 가 침대에 누웠다. 한 팔로 눈을 가리자 앞이 깜깜해졌다.

우연과의 사이가 좀 멀어진다는 게 느껴질 즈음, 세린은 건강 검진을 받았고 자신의 몸에서 루프포세신이 정상적으로 분비되지 않는다는 사실을 알았다. 문제를 확인하고 재검사를 받은 결과 아주 빠른 속도로 호르몬 분비량이 줄고 있다는 걸 확인할 수 있었다. 그때 세린이 가장 먼저 떠올린 사람은 아빠였다. 본인이 가족을 떠나기로 결정했으면서도 아빠는 누구보다 가족과의 이별을 괴로워했다. '그럼 가지 않으면 되잖아?'라고 세린은 생각했지만 딱히 통할 것 같지 않아 실제로 말하지는 않았다. 얼마 지나지 않아 불가항력에 끌려가듯 아빠는 떠났다. 호르몬에 대해 공부한 이후 세린은 아빠의 뇌하수체 후엽이 단단히 잘못되었을 것이라고 생각하게 되었다. '옥시토신, 바소프레신, 루프포세신 중에 제대로 분비되는 건 하나도 없지 않았을까?' 하고. 아빠의 배신이 호르몬 때문이라고 결론 내리니 조금은 위안이 되었다. 그런데 아빠의 결함이 유전된 것 같다는 점이 문제였다. 자신의 상태로 미루어 볼 때 아빠도 루프포세신에 문제가 있었을 듯했다.

이러다 아빠처럼 되는 거 아니야? 내가 바람이 나면 어쩌지? 세린의 머릿속은 날마다 더 복잡해졌다. 세린은 우연에 대한 애정이 식은 본인을 되돌아봤다. 자고 일어난 우연을 보며 정말 못생겼다고 생각했던 것도, 카레를 세 그릇 먹는 우연의 모습이 돼지 같다고 생각했던 것도, 장 보러 간 날에 사람들 사이에 서 있는 우연이 유난히 작다고 생각했던 것도 다 호르몬 문제 때문이었을까?

진하에게 설레었던 날, 세린은 늦은 시간까지 우연을 기다렸다. 우연은 자정이 넘도록 집에 오지 않았다. 지쳐 잠들었던 세린이 새벽에 일어나 방 밖으로 나와 보니 우연은 술 냄새를 풍기며 소파에 널브러져 자고 있었다. 스태프 팀을 드디어 다 꾸렸다더

사랑은 하트 모양이 아니야

니 회식이라도 한 모양이었다. 세린은 가만히 소파 끝에 앉아 우연을 바라봤다. 그리고 스스로에게 물었다. 이 사람이 좋은가. 모르겠다. 싫은가. 그것도 모르겠다. 그 순간 우연이 헛기침을 하며 뒤척였고 세린은 컵에 물을 떠 건네었다.

"난 엄마를 닮았다고 생각했는데 아무래도 아빠를 닮은 거 같아."

"응?"

"루프포세신 분비에 문제가 있는 사람들을 대상으로 하는 임상 시험이 있는데 참여해 볼까 해."

"응. 고마워."

물을 마신 우연은 잠결에 대답을 하고 다시 잠들었다. 아침에 일어난 우연은 간밤에 나눈 대화를 기억하지 못하는 듯했다. 세린은 굳이 다시 말하지 않았다. 그리고 얼마 뒤 임상 시험에 참여하겠다고 신청했다.

놀랍게도 참여 초기에는 호르몬이 정상치로 분비되었다는 결과가 나왔었다. 하지만 임상에 들어간 지 한 달쯤 지나자 이상이 발견되었다. 세린의 몸에서는 루프포세신이 아예 발견되지 않았다. 심지어는 옥시토신과 바소프레신까지 분비되지 않았다. 시험 참여를 중단하기로 했지만 때는 이미 늦었으니 비극에 비극을 더한 셈이었다. 그 결과 세린의 마음속에서는 우연과의 사이를 회복할 수 있다는 희망이 사라졌다.

파트너에게 배신당한 프레리들쥐, 아빠를 잃은 엄마의 얼굴에 우연의 모습이 겹쳐졌다. 이렇게 된 이상 같이 사는 의미가 없으니 빨리 갈라서는 편이 낫다고 판단했다. 우연이 이 상황을 알게 된다면 괜한 죄책감이나 동정심 때문에 괴로워할 테니 다른 이유를 대서 헤어져야겠다고, 우연에게나 자신에게나 그게 좋은 방향이라고 멋대로 단정지었다.

하지만 이제라도 털어놓고 사과했어야 했을까. 애초에 혼자 해결하려 드는 대신 우연과 대화했어야 했다고 인정한다고 해서 달라질 게 있을까.

전화벨 소리에 놀라 세린이 눈을 떴다. 핸드폰 화면에는 '연주'가 떠 있었다. 세린은 전화를 받으며 다시 눈을 감았다.

"어. 연주야."

"세린. 너 정말 격리 중이야?"

그 말에 세린이 놀라 침대에서 벌떡 일어나 바로 앉았다.

"맞아?"

전화기 너머로 들리는 연주의 말투가 냉담했다.

사랑은 하트 모양이 아니야

"응."

잠시 정적이 흘렀고 연주가 짧게 탄식하는 소리
가 들렸다.

제약 회사에 다니는 대학 동기가 있다더니 부작
용 사태에 대한 소문을 들은 것 같았다.

"미…"

"그래서 어떻게 된대? 무슨 호르몬이 안 나오는
거야?"

세린이 기어들어 가는 목소리로 꺼내려던 미안
하다는 말은 훅 치고 들어온 연주의 말에 묻혀 사라
졌다.

"지금 확인 중이야."

"해결할 수 있어? 고칠 수 있대?"

"아직, 모르겠어."

"알았어. 잘될 거야. 걱정하지 마. 요즘 의학이 얼
마나 발달했는데. 금방 다 해결돼."

연주는 생각보다 차분했다. 어릴 때의 연주라면
어떻게 자신에게 말하지 않을 수 있냐며 소리를 지
르거나 이제 어떡하냐며 울음을 터뜨렸겠지만 연
주는 어느덧 많이 달라져 있었다.

"회사에서 강제로 참여하라고 시킨 거야? 말해
봐. 우리 남편 아는 변호사가 의료 사고 소송 전문

이래.”

“그런 거 아니야. 내가 하겠다고 했어.”

“왜! 미쳤어, 정말.”

“그러게. 미안해. 말 못 해서.”

“아, 됐어. 왜 참여했는지 지금 따져 봤자 뭐 하겠니. 그건 나중에 내가 대접으로 말아 주는 욕 먹으면서 얘기해 주는 걸로 하고. 네 남편은 어떤데. 괜찮아?”

“멀쩡해. 격리 해제됐어.”

“미치겠다. 난 왜 또 그게 열받니, 정말. 알겠어. 너 무슨 일 있으면 바로 나한테 전화해. 알았어?”

연주는 세린의 편이다. 세린은 머쓱해져 말이 나오지 않았다.

“알았냐고! 이 정신 나간 자야.”

“알았어.”

“사람이 살다 보면 아프기도 하는 거지. 고치면 돼. 너도 우리 남편도.”

“아.”

남편의 병을 알게 됐구나. 세린은 미리 알리지 못했다는 생각에 새삼 죄책감이 들어 이번엔 빨리 사과했다.

“그것도 미안해. 내가 멋대로 전하면 안 될 것 같았어.”

사랑은 하트 모양이 아니야

"그래. 잘했어. 내가 그때 알았으면 남편이 곤란해했을 거야. 남편 스스로 마음을 정리하고 나한테 말할 때까지 기다리는 게 맞았어."

"괜찮아?"

"나? 당연히 안 괜찮지! 불쌍해서 혼났네. 나무늘보처럼 천천히 세수할 때 알아봤어야 했는데. 추위를 많이 타는 사람이니까 겨울이라서 그러는 줄 알았지. 내가 너무 안일했어. 누구보다 남편을 잘 안다고 생각했는데. 쉬고 싶으면 회사는 그만두고 이참에 푹 쉬면서 그 좋아하는 책이나 실컷 읽으라고 했어. 돈은 내가 벌면 되지. 원래 각개 전투 하는 용병처럼 살다가 누구 하나 병나면 등 뒤로 숨겨 주는 게 부부라더라."

"누가 그래?"

"엄마가. 우리 아빠 특기가 엄마 등 뒤에 숨는 거잖아."

웃으면 안 되는데 세린은 자신도 모르게 웃음을 터뜨리고 말았다. 아마 연주와 짧은 대화를 나눈 것만으로도 연주 남편은 차도를 보였을 것이라고 세린은 생각했다. 대화에 그런 힘이 있다면 시도할 만한 가치가 있었다. 세린은 신약의 부작용과 관련하여 지금까지 일어난 일을 연주에게 털어놓기로 마음먹었다.

세린의 이야기를 들은 연주는 내심 놀라고 한편으론 서운해하는 것 같았지만 그 이야기를 가장 먼저 들은 사람이 자기라는 점에는 상당히 만족하는 듯했다.

"속마음 꼭꼭 숨기는 것 좀 그만해. 나한테도 그렇지만 특히 네 남편한테 말이야. 똥도 배에 담아 두면 병이 되잖아. 마음도 똑같아. 네가 그렇게 맨날 혼자 담아 두면 너뿐만 아니라 네 남편까지 병이 날 거야."

연주의 충고에 세린은 상처받았을 우연을 자연스레 떠올렸다. 우연은 어디로 갔을까. 아마 출국 전까지는 금재의 집에서 지내겠지. 전화라도 한번 걸어 볼까. 세린은 머뭇거리다가 거실 컴퓨터 앞에 앉았다. 바탕화면엔 우연의 영화들이 저장되어 있었다. 여기 넣어 놨으니까 보고 싶으면 한번 봐 봐, 하고 언젠가 우연은 흘리듯 말했다.

세린은 우연의 최신작 파일을 열어 감상하기 시작했다.

수정 중이던 시나리오를 봤을 때는 엉망진창으로 만들어질 줄 알았는데 완성작은 국제 영화제에 초청될 만큼 꽤 근사했다. 우연의 취향이 영화 곳곳에 알록달록 묻어 있었다. 그리고 어느덧 영화는 문

사랑은 하트 모양이 아니야

제의 고백 장면에 도달했다.

"사랑합니다. 당신의 행성에 내 뼈를 묻을 만큼."
외계인 카사노바가 말했다.

"언어를 잘못 배우신 것 같아요. 뼈를 묻는다는
말은 보통 직장에 충성을 다한다는 뜻으로 쓰는 말
입니다. 다른 언어를 배우셨으면 좋았을 텐데. 한
국말은 좀 복잡하거든요. 비슷해 보여도 의미가 완
전히 다른 표현들이 많아요." 여자 주인공은 세린
이 봐도 융통성이 상당히 부족해 보였다.

"사랑합니다. 곧 지구를 떠날 예정이었기에 누군
가를 사랑하지 않으려 노력했지만 당신에게 빠
지는 건 식은 죽 먹기였어요."
"네. 마음은 감사합니다."
"절 사랑하지 않습니까."
"당신에게 호기심을 느꼈고 도와주고 싶었던 것
은 사실이지만, 같이 있으면 재미있다고 느끼는
것도 사실이지만, 글쎄요. 사랑을 하고 있는지는
모르겠네요."
"그게 사랑입니다."
"당신이 자란 고향 행성에서는 그런 게 사랑일
수도 있겠죠."
"아니요. 그곳에서나 이곳에서나 사랑은 다 똑
같습니다. 이곳에선 사랑, 어느 곳에선 러브, 어

느 곳에선 아모르, 우리 행성에선 $%&!이라고 부를 뿐이죠."

"언어의 문제가 아니고요. 사랑이 뭔지 정확히 모르시는 것 같아요."

"모르죠. 그게 골칫거리인가요?"

"문제냐고 묻는 거죠? 문제죠. 뭔지도 모르는 걸 할 수는 없잖아요."

"그게 사랑인걸요. 사랑은 뜨겁다가 차갑고 미지근하다가 뜨끈합니다. 작다가 크다가 터집니다. 단단하다가 말랑거리고 흐를 때도 있어요."

"전혀 모르겠네요."

"우린 아마 영원히 사랑에 대해 잘 모를 겁니다. 그게 뭔지 어떻게 생긴 건지. 하지만 사랑과 정면충돌한다면 사랑에 부딪혔다는 걸 알게 되겠죠."

"어떻게 알 수 있죠?"

"상대방을 보면 어떤 생각이 드는지 떠올리면 됩니다. 오늘의 내 사랑은 당신 눈을 5분 정도 마주보고 싶은 것, 당신의 신발 끈이 풀렸다는 걸 알려 주는 것, 당신이 우리 행성에 대해 궁금해했으면 좋겠다는 것, 내가 하는 말에 기분이 나아졌으면 하는 것이죠."

"하지만 3년이 지나면 달라질걸요. 호르몬이 사라지거든요."

사랑은 하트 모양이 아니야

푸핫- 세린이 마시던 물을 뿜었다. 거울 치료라
는 게 이런 건가.

"지구인의 하루는 우리 행성에서는 약 한 달 정
도입니다. 지구에서 당신을 만난 뒤로 80일이 지
났으니, 우리 행성의 시간으로 환산하면 내가 당
신을 만난 지 벌써 6년 반이 되었어요. 당신이 내
손을 잡아 주었던 날부터 사랑에 빠졌다고 해도
우리 행성 시간으로 3년은 훌쩍 넘겼을 겁니다.
그럼에도 나는 여전히 당신을 사랑하잖아요."

"믿을 수 없어요."

"계속해서 달라지겠지만 궁금하다면 매일 알려
줄게요. 오늘의 사랑이 무엇인지."

그 순간 세린의 기억 속에 남아 있던 두 사람의
목소리가 들려왔다. 2년 전, 프라하에서 올린 결혼
식. 지하 동굴 레스토랑에서 진행된 둘만의 결혼식
이었다. 그때 세린과 우연은 우연이 준비해 온 혼인
서약서를 낭독했다. 말끔하게 맞춘 정장을 차려입
은 두 사람은 서로에게 반지를 끼워 주면서 약속했
었다.

"영원히 사랑이 무엇인지 궁금해할 송세린에게
오늘의 사랑이 무엇인지 매일 알려 줄 것을 약속
합니다."

"호르몬의 변화를 비롯한 어떤 신체 변화도 겸허

히 받아들이며 이우연과 항상 함께할 것을 약속합니다."

까맣게 잊고 있었던 그 서약을 떠올리자 세린의 식도 근처가 뜨거워졌다. 뜨거움이 목을 타고 올라왔고 이내 코끝이 찡해졌다.

왜 결혼하고 싶었는가. 함께하고 싶었기 때문에. 지금은 다른가. 모르겠다. 세린은 여전히 스스로에게조차 솔직하지 못한 사람이었다.

우연의 영화에는 우연이 나오지 않는데 등장인물이 전부 우연인 것처럼 보였다. 심지어 후희와 세린을 본뜬 캐릭터에도 우연이 묻어 있었다.

세린은 우연의 영화를 더 보고 싶어 다른 한 편을 재생했다.

파일이 열리자마자 커다란 금붕어의 얼굴이 화면을 가득 채웠다. 우연이 세린과 만나기 시작한 지 얼마 되지 않았을 때 만든 단편 영화〈금붕어가 하고 싶었던 말은 사실〉이었다. 같이 살던 금붕어의 마음이 궁금해서 이미 죽었음에도 승천하지 못하는 청년의 이야기. 세린이 처음으로 본 우연의 영화였다.

매일 야근을 하는 한 청년의 좁은 집 안, 작은 어항에 금붕어가 한 마리 살았다. 청년 말고 그 금붕

사랑은 하트 모양이 아니야

어를 사려던 사람이 한 명 더 있었는데 직장에서 은퇴했다는 그 아저씨는 커다란 단독 주택의 한 벽면을 전부 가릴 만큼의 수조를 가지고 있다고 했다. 금붕어가 그 아저씨의 집으로 갔다면 더 잘 지내지 않았을까 하고 청년은 내내 생각했다.

죽고 나서 귀신이 된 청년은 어항 앞에 앉아 "그래도 나랑 같이 놀아서 재밌었지? 나쁘지 않았지?"라고 물으며 금붕어가 자신과 같은 처지가 되기를 기다린다. 생전에 그와 사귀었던 여자 친구가 찾아와 금붕어에게 밥을 주고 물을 갈아 준 탓에 예상보다 기다림이 길어졌지만, 청년은 3년이 지나 금붕어의 평균 수명을 넘기고 호상의 주인공이 된 금붕어를 드디어 만난다.

"제발 말 좀 해 줘."

그의 말에 금붕어가 입을 뻐금 열면서 영화는 끝난다.

피식. 처음 봤을 때 웃었던 장면에서 또다시 웃음이 났다. '제발, 말 좀 해 줘.' 우연이 그 무렵 세린에게 자주 하던 말이었다.

영화가 끝나고 나서도 세린은 한참을 멍하니 앉아 있었다.

"똥도 배에 담아 두면 병이 되잖아. 마음도 똑같

아. 네가 그렇게 맨날 혼자 담아 두면 너뿐만 아니라 네 남편까지 병이 날 거야." 연주의 말을 다시금 떠올리고 나서 세린은 핸드폰을 들어 우연의 번호를 눌렀다. 신호음은 꽤 오래 이어졌다. 어쩌면 우연과 대화할 수 있는 기회를 영영 놓쳐 버린 게 아닌가 하는 생각에 세린은 입술을 잘근 물었다.

"왜."

그때였다. 전화기 너머로 우연의 목소리가 들려왔다.

"아. 음…"

단단히 마음먹고 전화했음에도 입이 쉽게 떨어지지 않았다.

"왜 전화했냐고."

"그… 내가 이실직고할 게 있어."

"해."

당연한 일이었지만 우연은 차가웠다.

"나 사실…"

서두를 떼었는데도 더는 말이 나오지 않아 세린은 눈을 질끈 감았다.

"사실 작년에 루프포세신 분비에 문제가 좀 있었어. 그래서 임상에 참여한 거야."라고 차분히 이야

사랑은 하트 모양이 아니야

기하면 돼. 세린은 속으로 몇 번이고 그렇게 되뇌었다. 체질에도 성향에도 맞지 않는 일을 하려다 보니 얼굴이 뜨거워졌다.

"사실은 갑자기 호르몬이 안 나왔어! 그래서 임상에 참여한 거야!"

"뭐?"

침착하게 설명한 뒤 대화를 나누리라 다짐했는데 입에서는 정돈된 말이 튀어나오지 않았다.

"내가 그런 고민 하는 사이에 넌 뭐, 나한테 관심이나 있었어? 내가 보기에 네 애정은 애저녁에 식었어! 뭐? 매일 오늘의 사랑을 알려 줘? 너 대사 참 잘 쓰더라!"

서운한 감정이 쏟아져 나왔다.

둘 사이에는 잠시 정적이 흘렀다.

"일단 알았어."

우연의 답은 그게 다였다.

"그래서 뭐 내가 하고 싶은 말은… 미안했다고. 미리 말하지 못해서 미안해. 파리 잘 가."

세린의 목소리가 점점 작아졌다.

"잘 가긴 뭘 잘 가."

통화 종료 버튼을 누르려는데 우연의 한숨 섞인 목소리가 들려왔다. 세린이 다시 전화기를 귀에 가져다 댔다. 이번엔 대답 대신 삐삐삐삐- 도어 록 버튼을 누르는 소리가 들렸다.

"어휴, 지겨워."

*

격리 해제 통보를 받고 눈에 보이는 옷가지만 가방에 대충 담아 집에서 도망치듯 나온 뒤 금재가 운전하는 차 조수석에 앉았을 때만 해도 우연은 화가 가라앉지 않은 상태였다. 사실 화가 난다기보다는 답답하다는 마음이 더 컸다.

우연은 차창을 살짝 내려 바람을 쐬며 눈을 감았다. 그토록 원했던 대로 파리에 갈 수 있게 되었는데 속이 꽉 막힌 것만 같았다.

"박사님 지금 괜찮으신 거야? 그 뉴스는 다 뭐야?"
"몰라."
"일단 뭐라도 먹자. 아침부터 움직였더니 배고파 죽겠어. 형이 살 거지? 나 맛집 하나 찾았는데 카레 어때?"

사랑은 하트 모양이 아니야

우연이 감고 있던 눈을 떠 금재를 노려봤다.

"뭐. 카레 싫어?"

"싫어."

죄 없는 카레와 죄 없는 금재는 괜한 미움을 받았다. 우연은 굳게 다짐했다. 카레는 다신 안 먹을 거야. 영원히.

"영원히 카레만 먹어도 좋아."

결혼을 하기 직전, 우연은 그렇게 말했었다. 프러포즈를 하던 날이었다. 세린이 처음으로 우연에게 카레를 만들어 준 날이기도 했다.

"다른 집안일은 잘 못해? 나는 빨래, 설거지, 청소가 전문인데 나랑 결혼할래? 감독으로 성공하면 호강시켜 줄게."

"돈으로 시켜 주는 호강은 필요 없어."

"그럼 뭐가 필요해?"

"영화로 성공해도 빨래, 설거지, 청소를 해 줘."

"좋아."

그때만 해도 우연은 세린의 말이 그저 영원히 사랑해 달라는 구애의 언어라고 착각했었지만 세린은 영원히 사랑한다는 말을 실제로 원하지 않았다.

"마음을 걸고 하는 약속들은 믿지 않아. 이행할

수도 없겠지만 해냈다고 한들 확인할 방법이 없잖아."

"그럼 뭘 믿어?"

"지켜졌는지 확인할 수 있는 약속들. 예를 들면 '영원히 설거지를 해 줄게.' 같은 거."

"그렇구나. 그래도 나는 널 영원히 사랑할 거야."

"아니."

"그래. 영원히 설거지, 빨래, 청소를 해 줄게."

"좋아. 나도 죽을 때까지 맛이 있든 없든 요리를 해 줄게."

"'맛이 있든 없든'이라는 표현은 빼자, 우리 약속에서."

"왜?"

"왠지 무서워."

"앞으로는 맨날 카레를 먹어야 할지도 몰라. 자신 있는 음식은 그것밖에 없어서."

"그건 괜찮아. 나 카레 좋아해. 영원히 카레만 먹어도 좋아."

그게 두 사람이 서로에게 한 프러포즈였다. 연애를 시작한 지 121일 만의 일이었다. 결혼 준비를 소소하게 한 터라 크게 부딪힐 일은 없었지만 가족들과 친구들을 소개하고 함께 살 집과 살림살이를 준비하면서 종종 작은 마찰을 겪기는 했다.

사랑은 하트 모양이 아니야

하루는 우연의 대학 동기들을 만나는 일로 의견이 갈렸다. 세린은 이렇게 많은 사람을 일일이 만나야 한다면 그냥 성대한 결혼식을 치르는 게 낫겠다며 힘들어했다.

주변 사람들에게 세린을 소개하는 것이 세린에 대한 예의라고 생각했던 우연은 그 말이 서운했다. 그래서 "너랑 나랑은 상황이 다르잖아."라고 받아쳐 버렸다. '너는 가족도 친구도 적어서 소개가 금방 끝나겠지만.' 우연이 그렇게까지 말하지는 않았음에도 숨겨진 의미를 알아들은 세린은 상처를 입었다. 우연은 바로 사과했다.

"미안해. 그 뜻이 아니었어. 하지만 나는 가운데서 나름 고생하고 있었다고."
"화해를 하고 싶다면 '미안해' 다음에 '하지만'은 붙이지 마."

세린이 쏘아붙이자 우연은 더 이상 대꾸하지 않고 집으로 돌아갔다.

"앞으로 말이야. 너한테 사과하고 너랑 화해를 하고 싶을 땐 어떻게 하면 좋겠어?"

그날 저녁 우연은 전화로 세린에게 물었다. 세린이라면 명확한 과학 공식 같은 답을 해 줄 수도 있겠다는 생각에서였다. 하지만 세린은 의외의 답변을 내놓았다.

"연주가 그러는데 난 소음인이래."

"그게 뭐야?"

"소음인한테는 수족 냉증이 있어. 데이터 보내 줄 테니까 한번 봐 봐."

세린은 신빙성이 그다지 없어 보이는 블로그 글을 우연에게 보냈다. 그 안에서 세린이 직접 말하지 못한 부분을 찾은 우연은 미소를 지었다.

'몸이 찬 소음인이 화를 낼 때는 진실한 사과를 하는 것도 중요하지만 무엇보다 몸이 따뜻해지게 안아 주는 것이 좋다.'

"그래. 화해하고 싶을 때는 그냥 꼭 안을게."

"응." 세린이 작게 대답했다. 그리고 물었다.

"넌 혹시 네 체질 알고 있어?"

"예전에 한의원에서 들었던 거 같은데. 소양인이었나?"

"잠시만…. 그래. 넌 화를 삭이려면 열을 식혀야 하니까 내가 화해를 청하고 싶을 땐 밤 산책을 하면서 사과할게."

우연은 그렇게 말하는 세린이 너무 귀여워서 웃음을 터뜨리지 않을 수 없었다. 그렇게 결혼 준비에 들어간 두 사람은 처음 만난 날로부터 273일이 되

사랑은 하트 모양이 아니야

는 날 결혼했다.

결혼을 하고 나서도 두 사람의 약속은 하나둘 늘
어 갔다.

"시나리오 쓸 때는 그냥 유령 취급을 해 주면 좋
겠어. 며칠 동안 면도도 안 하고 소파에서 자도
이해해 줄 수 있어?"

"주말에 한 번은 같이 도서관에 갔으면 좋겠어.
그날 점심엔 외식을 꼭 했으면 해. 줄 서는 집이
어도 같이 가야 해. 물론 시나리오 쓰는 기간은
예외."

둘 사이에는 아주 자잘한 약속들이 있었다. 그랬
었다, 분명히. 그 사실이 이제서야 떠올랐다. 앞으
로 다시는 보지 않을 것처럼 굴고 나서야.

서로에게 가장 잘 맞는 사람이었던 둘은 약속들
을 어기기 시작하면서 서로에게 가장 안 맞는 사람
이 되고 말았다.

"뭐야. 왜 그렇게 심각한데. 카레를 생각하면 갑
자기 화가 나?"

우연의 눈치를 보던 금재가 물었다. 하지만 우연
에게는 전혀 들리지 않았다. 우연은 여전히 세린을
이해하지 못하겠다는 생각을 하는 중이었다.

"몰라. 모른다고."

우연이 머리를 엉클었다.

'도무지 속을 모르겠어. 어떻게 나한테 말도 안 하고 그런 임상 시험에 참여할 수가 있어?'

"왜 저래 진짜." 금재가 대화를 포기하고 조수석의 창문을 더 내렸다. 창밖에서 들어오는 차가운 바람에 우연의 열이 식어 갈수록 꽉 막혀 있던 우연의 생각은 조금씩 풀려 나갔다.

세린이 이혼을 선언한 지 한 달이 넘었다. 그 말을 듣고 난 뭐라고 했지. 어떤 대화를 했더라. 그날은 줄곧 바빴던 우연이 겨우 쉴 수 있게 된 날이었다. 겨우 집에 들어와 씻고 소파에 누웠을 때 뒤이어 귀가한 세린이 우연에게 뜬금없이 말했었다.

"이혼하자."

"갑자기 무슨 소리야."

'갑자기'는 시나리오가 막혔을 때 우연이 곧잘 쓰는 단어였다. 사건과 사건을 잇기 어려울 때, 장면 간의 연관성을 찾기 힘들 때 쓰는 말.

"널 사랑하지 않아."

"노래 가사야?"

"진지해."

"그래. 그래 보여. 근데 너한테서 그런 말이 나온다는 게 믿기질 않아서."

사랑은 하트 모양이 아니야

"너도 날 사랑하지 않잖아."

"사랑하는데?"

"거짓말하지 말고."

"아니. 그나저나 이혼하자는 이유가 너무 이율배반적이라는 생각 안 들어? 넌 사랑 같은 걸 믿지 않는다고 했던 사람이잖아."

"영원히 사랑하겠다는 약속을 안 믿은 거지 사랑이 중요하지 않다고 말한 적은 없어. 우리 사이에 사랑이 없으면 왜 같이 살아야 돼?"

평생 세린의 입에서 나오지 않을 것만 같았던 말들이 쏟아져 나왔다. 너무 감정적인 태도였다.

그러고 보니 세린은 왜 그 시간에 귀가했을까. 한창 회사에서 일하고 있어야 할 사람이 어떻게 집에 들어왔지. 몸이 안 좋아서 조퇴를 했었나. 아니면 애초에 출근하지 않았던 건가.

우연은 아무것도 알지 못했다.

달리는 차 안에서 우연은 집에 혼자 있을 세린의 모습을 머릿속으로 그려 보았다. 덩그러니 남겨져 있을 모습을. 우연도 '사망자'와 '부작용'이라는 두 단어를 들은 것만으로 숨이 막혔는데 하물며 본인은 어떨까.

하. 아무래도 신경이 쓰여 세린에게 문자라도 보내려고 핸드폰을 꺼내 드니 과거에 주고받은 문자들이 눈에 들어왔다. 가장 최근에 받은 문자는 한 달 전에 온 '이야기 좀 해.'였다. 우연은 이 문자에 답하지 않았다.

자기 마음대로 이혼을 통보해 놓고 무슨 이야기를 해. 우연은 이번 영화 일을 끝내고 나서 대화해 보자 생각하고 세린과의 문제를 일단 넘겼다. 원체 특이한 사고방식을 가진 여자니까. 어떤 부부에게 든 권태기는 오기 마련이고 감기처럼 한번 앓고 지나가면 그만이니까. 아니, 사실 그때의 우연에게는 세린을 마주할 생각이 없었다.

한참 개봉 행사를 진행하느라 정신이 없을 시기였다. 영화판에 몸담은 10년 동안 알고 지냈던 사람들이 곳곳에서 연락해 왔고 회식 자리며 시사회며 앞다투어 불렀다. 다음 영화에 대해 이야기를 나누자는 사람들도 많았다. 이 인생에 터닝 포인트가 있다면 지금이라고 생각했다. '왜 하필 이런 중요한 시기에 그러는 거야.'라는, 지금 돌아보면 소름 돋는 생각도 했었다.

우연은 빠르게 스크롤바를 밀어 오래전에 주고받은 메시지들을 확인했다. 지난겨울의 문자에 시선이 멈추었다.

사랑은 하트 모양이 아니야

– 보일러 내리지 마.

– 알았어.

그래. 이맘때쯤 세린이 별것도 아닌 일로 짜증을 내기 시작했다.

'방이 추워. 보일러 고장 난 거 아니야?', '집이 컴컴해. 전등을 싹 바꿔야겠어.', '이번에 산 반찬 다 별로다. 맛이 왜 이래?'

전부 세린답지 않은 말들이었다.

평소의 세린은 불평하지 않는다. 아마 군인인 어머니와 오랫동안 단둘이 살았기에 만들어진 성격일 것이다.

'해결할 수 있는 일이 아니면 토 달지 않는다. 행동할 것이 아니면 말하지 않는다.' 우연이 세린의 집에 처음 인사를 갔을 때 거실에서 본 가훈이었다.

그런 가풍 속에서 자란 세린과 결혼을 준비하는 사이에 우연은 상당히 애를 먹었다. 세린은 잘잘못을 따지거나 진실을 가려내는 일은 바로바로 풀어냈지만 이성적이지 않은 부탁이나 멋쩍은 이야기들은 마음속 장독 깊은 곳에 묻어 두곤 했다. 솔직히 이야기해 줘도 괜찮아. 쓸데없다는 생각이 드는 말이라도 그냥 해 줘. 우연이 수없이 그렇게 당부하고 나서야 세린은 슬쩍슬쩍 자신의 마음을 꺼내 주었다.

조금씩 달라지는 세린의 모습에 한때는 뿌듯함을 느끼기도 했다. 무뚝뚝한 장모님도 그 점은 인정했다.

"왜 저를 처음 본 날에 결혼을 허락해 주셨어요?"

결혼을 한 지 얼마 되지 않아 서울에 잠시 일을 보러 오신 장모님과 시간을 보내고 있을 때였다. 평일이라 세린은 출근하고 우연이 장모님과 단둘이 커피를 한잔하게 되었다.

"자네 결혼을 내가 막을 수 있는 거였나?"

은퇴 후 몇 년이 지났음에도 장모님은 여전히 카리스마가 넘쳤다.

"아뇨. 그런 건 아니지만 '먹어요. 그래요. 또 봅시다.' 이렇게 세 마디 하시고 허락하실 줄은 몰랐어요."

"내가 묻기도 전에 자네가 다 이야기를 해 주니 물을 것이 없어서."

장모님은 은은하게 웃으며 커피를 마셨다.

"그랬나요, 제가. 그날 사실 너무 긴장을 해서."

당시에 우연은 장모님의 마음에 들지 못할까 봐 걱정하고 있었다.

사랑은 하트 모양이 아니야

"그리고… 좀 괜찮은 것 같아서. 어느 날부턴가 '엄마, 점심 뭐 먹었어요?' 하고 송세린이 묻더라고. 생전 안 그러던 애가. 날이 왜 이렇게 점점 더워지냐느니 지구 온난화가 문제라느니 미세 먼지가 걱정이라느니 쓸데없는 말들을 하는 게, 좀 괜찮은 변화라고 느꼈어."

장모님 말씀처럼 어느 순간부터 세린은 원래 이렇게까지 수다쟁이였던가 싶을 정도로 말이 많아졌다.

"아니, 옆집 강아지 한쪽 귀가 잘 안 펴지던데?"
"그게 뭐?"
"어디 아픈 거 아니야? 주인한테 말해 줄까? 찾아보니까 염증이 생기면 그럴 수도 있대."

세린은 우연이 막 잠에서 깼을 때도 촬영을 마친 뒤 집에 돌아와 양치를 하고 있을 때도 옆에 와서 조잘조잘 이야기했다. 재미있는 학술 자료라도 보면 우연의 가방에 넣어 두었다가 같이 도서관에 가면서 이야기를 꺼냈다.

"내가 넣어 둔 거 봤어?"
"눈물 이야기 나온 잡지?"
"재밌지? 감정에 따라 눈물 맛이 달라지는 거! 분노할 때 흘리는 눈물은 수분이 부족해서 짜고,

슬플 때의 눈물에서는 신맛이 나고, 기쁠 때 흘리는 눈물에서는 포도당 때문에 단맛이 난다던데."

"그거 나중에 영화에 쓰면 재밌겠다."

우연에게 시간이 많았을 때는 일상의 작은 일도 세린과 같이 했고 세린이 출근하면 문자로 대화했다. 그러다 우연이 촬영에 들어가게 되자 세린은 주말마다 혼자 도서관에 가야 했다.

– 나 도서관 왔는데, 필요한 책 있으면 문자 줘.

– 미안, 이제 봤다!

우연이 세린에게 보내는 문자는 점점 짧아졌고, 급기야 '회사 앞에 초밥집이 생겨서 가 봤는데 완전 별로더라.'라는 세린의 문자에 2시간 뒤에야 '점심은 먹었어?'라고 답장하는 지경에 이르렀다.

"와. 미친! 내가 이랬단 말이야?"

우연이 핸드폰 화면을 끄며 소리쳤다.

"아 진짜! 뭐! 뭔데!"

금재가 덩달아 소리를 질렀다.

"금재야."

"답답해 죽겠네. 원하는 게 뭐야? 말을 해, 말을!"

"이 차에서 내려 줘."

금재에게 택시비를 챙겨 준 뒤 운전대를 잡은 우

사랑은 하트 모양이 아니야

연은 차를 돌려 집으로 향했다. 속도를 내고 있으려니 전화벨이 울렸다. '연주 씨'. 이 사람이 왜? 우연은 통화 버튼을 눌렀다.

"감독님. 어디예요?"

"아. 저 지금 운전 중입니다."

"지역은?"

"여기가… 대학로 쪽인 거 같은데요. 무슨 일이세요?"

"어! 마침 잘됐네."

"네?"

"약령시장이 거기서 가깝죠?"

우연은 약령시장에 들러 연주가 큰아버지에게 부탁해 놓았다는 약재를 트렁크에 한가득 실었다. 연주는 결혼 전에 세린이 우연에게 소개해 준 유일한 지인이었다. 세린의 대학 동창 중 한 명이라기보다는 처가댁 식구나 다름없는 존재였다. 어떤 면에서는 장모님보다 대하기 어려운 사람이기도 했다.

"초면에 실례지만 생년월일이 어떻게 돼요?"

연주는 장모님도 하지 않은 질문을 했다.

"실례인 줄 알면 물어보지 마. 내가 나중에 알려준다고."

세린이 연주를 쿡쿡 찌르며 말렸지만 연주는 가

만있어 보라며 세린의 손을 꼭 잡았다.

"몰래 알아내는 게 더 큰 실례라서 대놓고 묻는
거야. 결혼한다면서요. 세린이 어머니도 벌써 만
났고."

"네."

"그럼 뭐 이제 가족인 거니까 물어봐도 되죠."

"네. 알려 드릴게요. 근데 사주가 안 좋으면 결혼
반대하실 건가요?"

"아. 전 뭔가를 할지 말지 결정하려고 운세나 사
주를 보지 않아요. 어떻게 하면 더 좋아질지 궁
리하기 위해서 보는 거죠."

거침없고도 명쾌하고 현명한 답이었다. 그게 우
연이 본 연주의 첫인상이었다.

예비 신부의 친구라면 "우리 세린이 잘 부탁합니
다. 세린이의 장점은 이런 부분이에요." 같은 말을
할 것 같았는데 연주는 그런 이야기를 전혀 하지 않
았다. 오히려 세린이 화장실에 갔을 때 세린의 흉을
보기 시작했다.

"쟤가 성격이 나빠요. 답답하고 사람 속 터지게
하고 가끔 싸가지 없게 굴어요."

"네?"

"꾸밀 줄도 몰라요. 옷, 화장 이쪽은 젬병이라고

사랑은 하트 모양이 아니야

봐도 무방하고… 또 뭐냐. 간절기에는 감기에 자
주 걸리고. 가족력은 제가 알기론 어머니한테 빈
혈이 좀 있으신데 그거 말고는 없어요. 아버지
안 계시는 건 아시죠? 그럼 끝! 지금 제가 말한
것들 다 알고 있어요?"

"어머니 빈혈 말고는 뭐… 아마도."

"이제 문제 될 건 없어요. 나머지 부분은 다 괜찮
은 애예요. 그니까 나중에 이 문제들로 세린이
책잡지 마세요."

친구 세린을 에둘러 위하는 발언을 마친 연주는
마치 변호사처럼 명함을 건넸다.

"이건 제 번호예요. 그리고 이건 제 남편 번호니
까 혹시라도 문제 생기면 연락하세요. AS는 제가
최선을 다해서 해 드릴게요."

우연은 그때 연주가 보여 준 믿음직한 표정을 아
직도 잊지 못했다.

"백수오 잘 받았습니다."

"네, 감사합니다. 아. 그리고 아까 한 얘기는 내가
말했다고 전하면 절대 안 돼요. 아니지. 이 상황
아는 사람이 나밖에 없으니까 감독님이 언급하
는 순간 내가 말했다는 거 들켜요. 그냥 아는 척

하지 말고 가만히 있어요. 세린이한테 양심이 있다면 자기가 먼저 실토할 거예요."

연주는 조금 전 세린에게 들은 사정을 그대로 우연에게 전했다. 세린은 연주가 남편의 일을 본인에게 먼저 듣기를 바랐지만 연주는 우연이 세린의 사정을 조금이라도 빨리 아는 편이 낫다고 판단했다. 가치관의 차이였다.

"네. 세린이가 말해 줄 때까지 기다릴게요."

나름 심각한 상황이었지만 우연은 여전히 거침없는 연주의 태도에 웃음이 나왔다.

"할 수 있는 데까지는 해 봅시다. 나중에 갈라서더라도 일단 애는 고쳐 놓는 게 맞지 않겠어요?"

연주와의 정신없는 대화를 마치고 나서 우연은 생각에 잠겼다.

호르몬 분비에 문제가 생겼으면 말을 할 것이지. 일언반구도 없이 위험 부담이 큰 임상에 참여하다니 진짜 어이가 없네. 더없이 세린다운 발상이었다. 하지만 세린이 그런 사람인 줄 모르고 결혼하지는 않았다. 그 모습까지 안고 싶어 결혼한 것이었다.

사랑은 하트 모양이 아니야

✦

"뭐야? 왜 돌아왔어? 뭐 놓고 갔어?"

현관문 앞에 약재 봉투를 잔뜩 내려놓는 우연을 본 세린이 놀라서 물었다. 우연은 말없이 신발을 벗고 들어와 세린 앞으로 다가가 섰다. 그러고는 덥석 세린을 안았다.

세린은 어색할 줄 알았던 품이 편안해서 오히려 당황스러웠다.

"뭐… 뭐 하자는 거야?"

세린이 우연을 밀어내며 말했다.

"잠깐만. 잠깐만 가만히 있어 봐. 실험해 보려는 거야."

"무슨 실험."

"신경은 한 줄만 남아 있어도 되살아난다는데 혹시 알아? 이렇게 안고 있으면 호르몬 분비도 좀 나아질지."

"그렇게 해서 될 일이면 애저녁에 해결됐지. 그리고 저건 다 뭐야."

"백수오. 연주 씨가 여성 호르몬에 좋은 약재라고 너 갖다주라던데."

"연주 만났어?"

"아니. 지령만 받았어."

세린이 연주의 실행력에 고개를 저었다.

"언제까지 이러고 있게."

"효과를 볼 때까지."

"빨리 가. 너 이러다가 파리 못 가면 어쩌려고 그
래. 보호복이라도 입고 오든가."

"너를 외롭게 돼서 미안해."

그 말에 우연을 밀어내려 애쓰던 세린의 팔에서
힘이 조금 풀렸다.

"방이 춥다는 말이, 집이 컴컴하다는 말이, 밥맛
이 없다는 말이 외롭다는 말이었을 텐데. 네가 혼
자 고민하게 내버려뒀어."

맞닿은 두 사람의 마음속에 있던 딱딱한 무언가
가 녹아내리기 시작했다.

"너 두고 나오는데 기분이 안 좋더라. 파리고 뭐
고 전혀 안 가고 싶었어. 내 마음이 이런데 무슨
이혼이야. 나는 못 헤어져."

"미안해." 세린이 작게 웅얼거렸다. 우연만 아는
세린의 가장 여린 모습이었다.

세린은 우연이 돌아온 것이 그냥 좋았다. 우연을
프라하에서 처음 만났을 때부터 이어진 이 은은한

사랑은 하트 모양이 아니야

감정이 사랑일까. 사실 그런 건 이제 중요하지 않았다. 지금 세린에게 중요한 진실은 하나뿐이었으니까.

"헤어지고 싶지 않아."

세린이 우연의 어깨에 고개를 툭 떨어뜨리며 울었다. 계속 함께하고 싶어. 세린이 솔직한 마음을 웅얼거렸다.

"그게 사랑이야, 바보야."

세린의 고백에 우연도 코끝이 찡해졌다.

"걱정하지 마. 만약 언젠가 네가 날 사랑하지 않는다는 게 느껴지는 날이 오면 지금처럼 내가 소생술을 쓰면 돼. 물론 네가 나한테 써 줘도 되고. 네가 여섯 달 전에 보냈던 자료 말이야. 거기에 쓰여 있는 거 봤지? 아직 과학은 인체에 대해 10%도 밝혀내지 못했다고 하잖아. 그러니까 우리는 비과학도 유사 과학도 정통 과학도 다 무시하면 안 돼. 뭐든 적절히 활용하면서 행복하게 잘 살면 되는 거야. 이렇게 종종 끌어안고 병원도 가고 백수오도 먹으면서. 그러다 보면 다 괜찮아질 거야."

"사기꾼 같아, 너." 세린이 훌쩍이며 말했다.

우연이 세린을 안았던 팔을 풀고 눈물을 닦아 주었다.

"그래서 지금 눈물 맛은 어때. 달아? 짜?"

장난스런 우연의 질문에 세린이 웃음을 터뜨렸다.

✦

"솔직히 이번 여행 내가 다 준비했잖아. 그럼 넌 불만 없이 따라 줘야 하는 거 아니야?"

우연이 포크를 내려놓으며 말했다. 우연과 세린이 있는 곳은 파리의 어느 호텔 조식당이었다.

"말은 바로 해. 네가 한 건 계획 수립이지 준비가 아니야. 네가 가고 싶은 데도 하고 싶은 것도 많다고 하니까 그냥 맞춰 준 거지. 예약이랑 연락은 전부 내가 했잖아. 그런 걸 준비라고 하는 거 아니야?"

세린도 참고 참은 화를 터뜨렸다.

"뭐? 맞춰 줘? 내가 하고 싶은 대로 죄다 했으면 넌 벌써 집에 갔을걸. 이 여행 스케줄은 너 위주로 짠 거잖아. 내 취향에 맞췄으면 내가 외국까지 나와서 하루에 한 끼씩 한식을 먹겠어?"

주변에 폐가 될까 봐 목소리를 낮추면서도 우연

이 반론을 속사포로 쏘아붙였다.

"그렇게 따지자면 네가 하루에 한 끼 한식을 먹는 게 아니라 내가 하루에 두 끼씩 먹고 싶지 않은 걸 먹는다고 말할 수도 있겠네. 솔직히 네가 고른 음식점 몇 군데는 네가 생각해도 진짜 별로였잖아. 근데 내가 뭐라고 한 적 있어?"

"아. 그럼 따로 다녀."

"좋아! 따라오기만 해 봐라."

그 말을 남기고 세린은 먼저 휙 방으로 올라가 버렸다.

격리 사태 이후로 반년이 흘렀고 다시 봄이 찾아왔다. 병원과 제약 회사가 협동해 문제를 해결하려 지속적으로 힘쓴 결과 임상 참여자들은 대체로 건강을 되찾았지만 몇몇은 아직 문제를 겪고 있었다. 세린 역시 호르몬 수치를 실시간으로 확인할 수 있는 측정기를 여전히 손목에 찬 상태였다. 해외여행 제한 조치가 해제된 것은 불행 중 다행이었다. 우연은 세린의 출국 허가가 떨어지자마자 파리행 비행기를 예매했다. 두 사람의 하루하루는 달았다가 짰다가 시기도 한 날들을 거쳐 오늘에 이르렀다.

파리에는 비가 내렸다. 세린은 에펠탑을 보고 싶

어 이 도시에 온 것이 아닌데 근방 어디를 가도 에펠탑이 보였다. 발길 닿는 대로 들어간 카페도 역시나 에펠탑이 잘 보이는 곳이었다.

세린은 창가에 앉아 커피를 마셨다. 우연과 세린은 오전에 다툰 뒤 각자 시간을 보내는 중이었다.

"비가 오니까 공원에는 다음에 가고 오늘은 박물관 가자는 게 이상해?"

– 그렇게 얘기한 거 맞아? 실제로 한 말을 그대로 옮기지 않은 거 같은데.

전화기 너머에서 연주가 말했다.

"야. 너 지금 내가 나한테 유리한 방향으로 이야기한다고 생각하는 거야?"

– 우린 부부 싸움 할 때마다 서로의 남편을 같이 헐뜯어 주는 사이가 아니라 각자의 가정이 평화롭도록 도와주는 사이가 되기로 했잖아.

"걔랑은 진짜 안 맞아. 이번 여행은 진짜 하나부터 열까지 싸움이야."

– 비가 와서 그런가. 아니다. 올 초에 신년 사주 보니까 너한테 파키아오급 싸움닭이 붙었다고 그랬잖아. 그래선가 보다.

해가 바뀌어도 연주는 그대로였다. 하지만 세린에게는 변화가 있었다. 예전 같았으면 말도 안 되는

사랑은 하트 모양이 아니야

소리 좀 하지 말라고 했겠지만 세린은 어째선지 꼭 쥐고 있던 주먹을 내려다보며 연주의 말이 맞을지도 모른다고 생각했다.

빗줄기가 굵어지고 있었다. 이런저런 충고를 던지던 연주는 세린이 파리의 약국에서 사 와야 할 화장품들을 열몇 가지나 받아 적게 한 후에 전화를 끊었다.

세린은 슬슬 우연이 걱정되기 시작했다. 어디서 비에 홀딱 젖고 있는 거 아니야? 읽고 있던 책을 챙겨 넣은 세린은 우산을 펴 든 채 밖으로 나섰다. 분명 이 근방 어디라고 했는데. 세린이 공원 주변을 기웃거리며 우연을 찾았다. 곧이어 어느 청춘 영화의 한 장면처럼 우연이 세린의 우산 속으로 뛰어들어 오자 세린은 놀라 고개를 돌렸다.

"거봐. 이럴 줄 알았어. 호텔에 우산 두고 나왔지?"

세린의 잔소리에 우연이 품속에 숨겨 둔 작은 꽃다발을 꺼냈다.

"아침에 화내서 미안해."

우연이 우산의 손잡이를 넘겨받으며 세린의 손에 꽃다발을 들려 주었다.

"어디서 또 분위기에 홀려 이런 걸 샀어?"

세린은 툴툴대면서도 꽃이 젖을까 봐 가슴 앞으로 가져왔다.

가자. 가자. 배고프다. 우연이 우산을 세린 쪽으로 기울이며 한 팔을 세린의 어깨에 둘렀다. 낯선 도시의 공원에서 가장 익숙한 품에 안긴 세린이 다시 걷기 시작했을 때였다.

띠-띠-띠- 세린의 손목 측정기가 호르몬 반응을 감지했다.

작가의 말

• 로으밤 로으밤

'로으밤 로으밤'이라는 제목은 '밤으로 밤으로'라
는 말을 거꾸로 쓴 것입니다. 지구를 한 바퀴쯤 돌
아 시간의 흐름을 거슬러 서울의 밤에서 하와이의
밤으로 가는 여정을 뜻합니다.

　(이야기 속 비행 편들은 최대한 실제 비행시간을 참고
하여 설정했지만 이륙 및 착륙 시간은 실제와 다릅니다.
록기가 죽지 않고 하와이에 갈 수 있도록 제가 임의로 편
성했습니다.)

• 사랑은 하트 모양이 아니야

이 이야기는 사랑에 대한 의구심에서 시작되었습
니다. '과연 그 보이지도 않는 게 정말 있는 걸까?'
하고 종종 생각했었습니다. 하지만 그런 생각을 하
는 동안에도 저는 누군가를 사랑하고 있었습니다.

　돌이켜 보면 그저 사랑이 있다고 믿고 싶었던 것
같습니다. 도무지 정체를 알 수 없지만 그럼에도 하
고 싶어지는 것이 사랑입니다. 무엇이든 속속들이
분석하고 규정지으려 하는 시대에 사랑 하나만큼

은 인간이 품을 수 있는 유일한 환상이 아닐까 생각합니다.

뚜렷하게 규정되지 않는 모든 모양의 사랑을 응원합니다. '너와, 나는, 친구가, 가족을, 연인에게, 팬이'라는 말들 뒤로 이어지는 문장 속에 언제나 '사랑'이 함께하는 세상이 됐으면 좋겠습니다.

(눈치채셨겠지만 이야기 속의 '루프포세신'은 실재하지 않는 호르몬입니다.)

• $%&! (힌트: 카사노바 외계인 행성의 언어)

카야 PD님을 비롯한 안전가옥 분들과 이혜정 편집자님에게 감사합니다. 그리고 저의 스승님이자 동료인 테오 PD님에게도 늘 고맙다는 말씀을 전합니다.

제가 태어난 순간부터 이 이야기가 완성되기까지 사랑이 무엇인지 고민하고 배울 수 있게 해 준 가족과 연인과 친구들, 사랑합니다. 앞으로도 잘 부탁합니다.

마지막으로 이 글을 읽고 있을 여러분에게도 다듬고 다듬은 제 사랑을 전합니다.

어떤 모양으로 가닿았을지 많이 궁금하네요.

부디 받아 주세요.

작가의 말

프로듀서의 말

사랑을 의미하는 하트 아이콘의 유래에 대해서는 여러 설이 있지만, 정확한 기원은 불분명합니다. 오랜 세월 동안 다양한 역사적, 예술적, 문화적 맥락이 얽히면서 하트 아이콘은 보편적으로 쓰이는 사랑의 상징이 되었습니다. 최근에 만들어진 'K-하트'는 하트 형상이 사랑을 뜻한다는 공식을 드러내는 사례 중 하나입니다. 하트가 가리키는 '사랑'은 행복, 낭만, 충만함 등 긍정적인 정서와 연결됩니다.

그러나 《사랑은 하트 모양이 아니야》는 사랑이란 감정과 그에 따른 행위가 긍정적인 의미의 하트 모양으로만 표현할 수 있는 영역이 아니라는 것을 흥미롭게, 때로는 놀랍게, 그리고 매우 다정하게 전달해 주는 작품집입니다.

작가님은 이 작품집의 두 수록작을 통해 사랑을 알지 못했던 인물이 사랑을 알게 되고, 사랑을 믿지 못했던 인물이 사랑으로 변화하는 과정을 독자분들에게 전달하기 위해 오랜 시간 많은 준비를 해 왔습니다. 어찌 보면 사랑과 가장 먼 개념일 '죽음'이란 소재를 가져왔고, 사랑을 과학적으로 판명할 수 있을지 고민한 끝에 '호르몬'이라는 소재를 발굴했습니다. 이를 비롯한 갖가지 소재를 깊게 탐구하는 동시에 작중에 그려진 사랑의 모든 과정을 세심하게 살피며 나아갔습니다.

프로듀서의 말

저명한 사회 심리학자 에리히 프롬은 자신의 저작《사랑의 기술》에서 '누군가를 사랑한다는 것은 단순히 강렬한 감정만이 아닌 결의이자 판단이고 약속이다.'라고 말했습니다. 이 작품집을 다 읽고 나서 독자분들이 비슷한 생각을 해 주셨으면 좋겠다는 개인적인 바람을 품어 봅니다.

고대 그리스에서는 사랑의 감정을 에로스, 필리아, 아가페, 스토르게, 에피티미아 등 다양한 단어를 활용하여 표현하고자 노력했다고 합니다. 그만큼 다채로운 사랑의 모양을 이 작품집 속에서 발견하실 수 있기를 바라겠습니다.

여기까지 읽어 주셔서 감사합니다.

안전가옥 스토리 PD
윤성훈 드림

사랑은 하트 모양이 아니야

지은이	김효인
펴낸이	김홍익
펴낸곳	안전가옥
기획	안전가옥
프로듀서	윤성훈 · 이수인
	김보희 · 이은진 · 임미나
퍼블리싱	박혜신 · 임수빈
편집	이혜정
디자인	금종각 · 김하얀
서비스 디자인	김보영
비즈니스	이기훈
경영지원	홍연화
출판등록	제2018-000005호
주소	(04779) 서울특별시 성동구 뚝섬로1나길 5,
	헤이그라운드 성수 시작점 202호
대표전화	(02) 461-0601
전자우편	marketing@safehouse.kr
홈페이지	safehouse.kr
ISBN	979-11-93024-92-8
1판 1쇄	2025년 2월 14일 발행
1판 2쇄	2025년 3월 7일 발행

안전가옥 쇼-트 시리즈